DANS LA MÊME SÉRIE

1 - Journal d'un copain formidable

DANS LA SÉRIE
JOURNAL D'UN DÉGONFLÉ

1 - Carnet de bord de Greg Heffley
2 - Rodrick fait sa loi
3 - TROP c'est TROP
4 - Ça fait suer !
5 - La vérité toute moche
6 - Carrément Claustro !
7 - Un coeur à prendre8 -
Pas de bol !

9 - Un looong voyage !
10 - Zéro Réseau
11 - Double peine
12 - Sauve qui peut !
13 - Totalement givré !
14 - Ça déménage !
Hors-série : Journal d'un dégonflé à écrire toi-même

LES AVENTURES D'UN Copain Formidable

DE JEFF KINNEY

TRADUIT DE L'ANGLAIS (ÉTATS-UNIS)
PAR ROSALIND ELLAND-GOLDSMITH

SEUIL

Couverture : Jeff Kinney et Marcie Lawrence
Conception graphique : Jeff Kinney

Première publication en anglais en 2020 par Amulet Books, une marque de Harry N. ABRAMS, Incorporated, New York.
Titre original : *Rowley Jefferson's Awesome Friendly Adventure*

Pour l'édition française, publiée avec l'autorisation de Harry N. Abrams, Inc.
 ISBN : 979-10-235-1489-6
Mise en page : Philippe Duhem
Dépôt légal : août 2020
Achevé d'imprimer en France par Normandie Roto Impression s.a.s. à Lonrai (Orne). N° 146046-1 (2000946)
Loi n°49-956 du 16 juillet 1949 sur les publications destinées à la jeunesse.

CHAPITRE 1

Il était une fois, dans une contrée lointaine, un garçon prénommé Roland. Et Roland était un très gentil garçon.

À cette époque, l'école n'avait pas encore été inventée, alors la plupart des enfants travaillaient à la ferme avec leurs parents.

Mais les parents de Roland voulaient que leur fils reçoive une bonne éducation et qu'il apprenne à jouer d'un instrument. Roland passait donc tout son temps à la maison, à lire des livres et à jouer de la flûte.

Roland n'aimait pas trop la flûte, mais il n'osait pas se plaindre parce qu'il voulait être un bon fils.

En ces temps difficiles, le monde était peuplé d'ogres et de géants. Les parents de Roland préféraient donc qu'il reste à la maison, à l'abri du danger. Surtout après la tombée de la nuit.

Roland n'avait jamais quitté son village. Pourtant, il rêvait de vivre de grandes aventures, comme son grand-père Bampy le Vaillant qui combattait les monstres et chassait les trésors.

Mais Bampy était revenu transformé de ses aventures, et Roland savait pourquoi : son grand-père ne portait jamais son heaume et il avait reçu pas mal de coups sur le crâne.

Roland promit à ses parents de TOUJOURS porter son heaume s'il partait à l'aventure et d'être très raisonnable. Ils lui répondirent qu'il serait bien plus en sécurité à la maison à jouer de la flûte.

Roland se contentait donc de lire les histoires de son grand-père et d'imaginer ses PROPRES aventures.

Roland avait parfois la FROUSSE après avoir lu ces histoires de combats contre les monstres, alors il allait dormir dans le lit de ses parents. Ce qui ne les ennuyait pas, évidemment, vu qu'ils aimaient leur fils.

Le père de Roland travaillait à la maison, sauf une ou deux fois par mois quand il faisait un voyage d'affaires dans un autre village. Avant de partir, il disait toujours la même chose à Roland.

Là, je parie que vous vous dites : « Jusqu'ici, cette histoire est assez nulle. » Mais un peu de patience ! Parce que d'ici deux secondes, elle va devenir carrément GÉNIALE.

Ce matin-là, alors que le père de Roland était justement en voyage, il se passa un truc de MALADE. Roland s'était levé de bonne heure pour jouer de la flûte quand il remarqua qu'il faisait très FROID dans sa chambre.

Il regarda par la fenêtre et n'en crut pas ses yeux : il NEIGEAIT.

Mince ! J'aurais dû préciser qu'on était en plein été car vous auriez été un peu plus surpris.

Roland courut annoncer la nouvelle à sa mère mais... elle avait DISPARU.

Il fonça demander à la voisine, Mme L'Ortie, si elle l'avait vue. Mme L'Ortie était une vraie commère et elle était toujours au courant de tout.

Roland apprit alors une très mauvaise nouvelle.

Mme L'Ortie lui révéla que le Sorcier blanc était venu au village pour ENLEVER sa mère, et qu'il l'avait emmenée dans sa Forteresse de glace pour l'y EMPRISONNER.

Évidemment, Roland était EN PANIQUE. Là, vous devez penser : « Eh ben, pourquoi il n'appelle pas son père ? »

Eh bien, parce que, à cette époque les téléphones n'existaient pas. Roland ne POUVAIT DONC PAS appeler son père.

Et ça ne servait à rien de lui écrire car sa lettre aurait mis UNE ÉTERNITÉ à arriver vu qu'en ce temps-là la poste était ULTRA LENTE.

Roland se faisait du souci pour sa mère, bien sûr, mais il s'inquiétait aussi de ce que son père dirait à son retour.

Il songea alors qu'il devait se rendre à la forteresse de glace et délivrer sa mère LUI-MÊME.

Comme cette expédition risquait d'être très dangereuse, il descendit à la cave pour récupérer la vieille armure de Bampy dans un coffre tout pourri.

Roland avait beau être assez stressé par les monstres et triste pour sa mère, il était quand même super EXCITÉ à l'idée de partir enfin à l'aventure.

Après avoir fini d'écrire le premier chapitre de mon livre, je l'ai montré à ma mère. Elle m'a félicité d'avoir puisé dans mon imagination et m'a dit qu'elle avait HÂTE de lire la suite.

Je ne l'ai pas encore montré à mon père parce que je veux d'abord tout FINIR. Après, je lui demanderai de me le lire en histoire du soir. Je ferai semblant de ne pas la connaître et ce sera quand même GÉNIAL.

J'étais super impatient de montrer mon chapitre à Greg Heffley, mon meilleur pote, parce qu'il est fan d'histoires de dragons, de sorciers et d'autres trucs dans ce genre. J'étais certain qu'il le trouverait trop cool.

Pourtant, au début, j'ai eu du mal à savoir si ça lui plaisait ou pas.

Je l'ai interrogé et il m'a demandé s'il devait me donner son avis SINCÈRE ou seulement me dire ce que j'avais ENVIE d'entendre. J'ai choisi son avis sincère.

Mais il m'a rappelé que la dernière fois qu'il m'avait donné son avis sincère, ça lui avait attiré des ENNUIS. C'était après ma première démonstration de claquettes.

Greg avait dit qu'il trouvait cette danse trop naze et ça m'avait vexé. Alors j'avais rapporté à sa mère et elle s'était fâchée.

Du coup, Greg a décrété que si son avis sur mon livre me vexait, je n'avais pas le droit d'aller voir sa mère. J'ai dit O.K. et on a conclu l'affaire en croisant les petits doigts.

Greg m'a donc listé tous les trucs qui n'allaient pas dans mon livre. Et il y en avait un PAQUET.

D'abord, il m'a expliqué qu'on ne doit jamais commencer une histoire par « Il était une fois », parce que c'est cucul et que ça fait conte de fées. Ce qui m'a DIRECT vexé vu que mon livre est justement censé être un conte de fées.

Ensuite, il m'a dit : « Le prends pas mal, mais ce Roland, il a plein de défauts et son PIRE défaut, c'est ses cheveux. »

Il m'a expliqué que mon héros avait une coupe mulet et que c'était la coupe la plus moche sur Terre. Je lui ai répondu que s'il avait les cheveux longs derrière, c'était pour qu'il ait l'air cool quand il était en pleine action.

Bref, Greg a conseillé que Roland fasse un tour chez le coiffeur dès le début du deuxième chapitre.

Puis il m'a dit : « Ne le prends pas mal, mais Roland, il fait un peu BÉBÉ. Ce n'est pas très crédible qu'un mec de son âge dorme avec ses parents. »

J'ai eu un peu honte parce que ça m'arrive parfois de dormir dans le lit de mes parents. Surtout les soirs d'orage.

C'est Greg qui m'a appris un jour que quand quelqu'un précise « ne le prends pas mal », l'autre n'a pas le droit d'être vexé par sa remarque.

Mais je pense que ça ne marche qu'avec les enfants parce que, une fois, j'ai essayé avec mon père et il s'est fâché.

Ensuite, Greg a dit que mon livre serait pourri s'il ne parlait que de Roland et qu'il lui fallait un ACOLYTE. J'ai proposé que ce soit son meilleur pote qui l'accompagne dans ses aventures et qu'il s'appelle Greg Heffley.

Seulement, Greg m'a expliqué que sa vie était « copyright-propriété-exclusive-de-Greg-Heffley » et que si j'utilisais son nom, je lui devrais de l'argent. Du coup, j'ai préféré inventer un autre acolyte car je ne veux surtout pas d'ennuis avec Greg.

Là-dessus, il a ajouté que personne n'avait envie de lire un bouquin sur un gamin qui sauve sa mère parce que c'est un peu trop BIZARRE. Alors j'ai proposé de virer la mère et de la remplacer par une PRINCESSE.

Mais Greg a dit que de nos jours, les princesses savent se battre et qu'elles n'ont pas du tout besoin d'un MEC pour les secourir.

D'après lui, si j'écrivais un livre sur une PAUVRE princesse qui a besoin d'un mec pour la secourir, j'allais me récupérer des tonnes de lettres d'insultes.

Pour le coup, ça m'a un peu inquiété parce que je n'ai AUCUNE envie de recevoir des lettres d'insultes. Mais Greg a dit que je n'avais qu'à mettre l'adresse de mon éditeur sur le livre et que c'est LUI qui se taperait les lettres.

Je lui ai précisé que j'écrivais ce livre seulement pour MOI et que je n'avais pas l'INTENTION de le publier. Mais Greg m'a rétorqué que, quitte à travailler comme une bête, autant gagner de l'argent.

Et il a ajouté qu'en cas de publication, il faudrait penser aux produits dérivés genre adaptation en films, en jouets et PLEIN d'autres trucs. Rien qu'à l'écouter, ça m'a paru compliqué.

Là-dessus, Greg m'a proposé un MARCHÉ : je n'avais qu'à me focaliser sur l'écriture et lui, il se chargeait de tout le RESTE. Après, on partageait les gains fifty-fifty.

Ça m'a tout de suite plu parce que ça voulait dire que Greg et moi, on serait ASSOCIÉS. Du coup, on a re-conclu l'affaire en croisant les petits doigts.

CHAPITRE 2

Vêtu de l'armure de Bampy, Roland se sentait vaillant, mais il avait tout de même peur de quitter son village tout seul.

Il alla donc proposer à son ami Garg le Barbare de l'accompagner.

Roland et Garg se connaissaient depuis qu'ils étaient petits et ils étaient

Comme Garg était un barbare, il passait son temps à démolir des trucs grâce à ses muscles. À cause de ça, les parents de Roland refusaient que Garg vienne dormir chez eux.

Les parents de Garg ne le forçaient pas à lire des livres ni à jouer de la flûte. Sa principale occupation était de soulever des haltères dans son garage.

Vu qu'il ne lisait jamais de livres, il n'avait pas beaucoup de vocabulaire. Mais Roland comprenait quand même tout ce qu'il disait.

Roland expliqua à Garg que le Sorcier blanc avait enlevé sa mère et qu'il avait besoin d'aide pour la SECOURIR. Et Garg accepta aussitôt, sans même demander la permission à ses parents qui se fichaient un peu de ce qu'il faisait.

Avant de se mettre en route, Roland et Garg devaient acheter des PROVISIONS à l'échoppe du village.

Grâce à son argent de poche, Roland se procura de la nourriture et des trucs de camping. Garg choisit des choses dont il aurait besoin, lui, pendant le voyage.

Roland lui proposa de partager les dépenses mais, comme d'habitude, Garg n'avait pas d'argent.

Le type de l'échoppe fit remarquer que Garg aurait besoin d'une armure s'il s'embarquait dans une mission dangereuse, mais Roland lui expliqua que son ami portait peu de vêtements parce qu'il aimait montrer ses muscles.

Roland utilisa ses dernières pièces d'or pour acheter une carte du reste du monde. Et il avait beau être encore stressé à l'idée de quitter le village, il était aussi assez SUREXCITÉ.

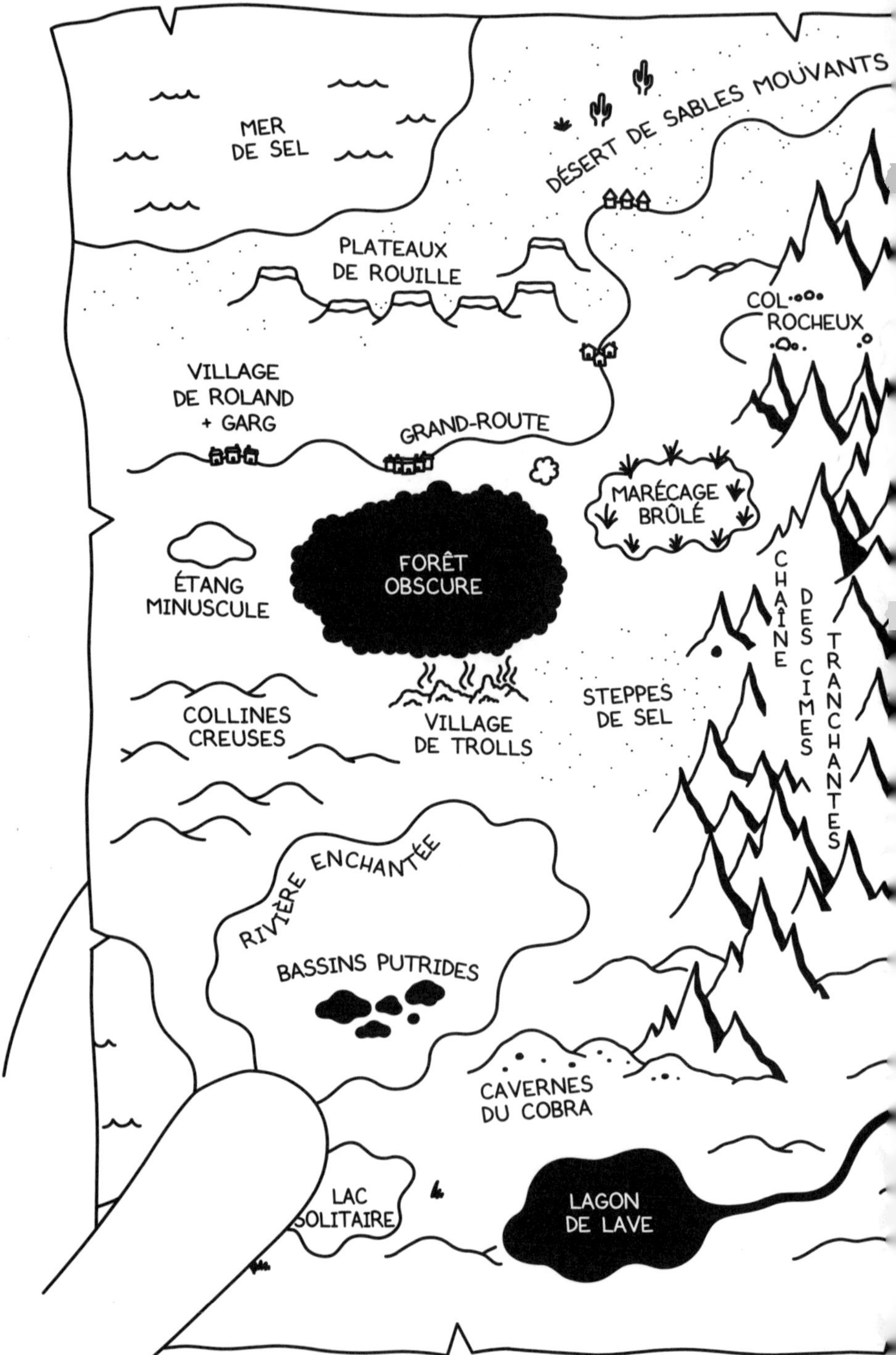

MER DE SEL
DÉSERT DE SABLES MOUVANTS
PLATEAUX DE ROUILLE
COL ROCHEUX
VILLAGE DE ROLAND + GARG
GRAND-ROUTE
MARÉCAGE BRÛLÉ
ÉTANG MINUSCULE
FORÊT OBSCURE
CHAÎNE DES CIMES TRANCHANTES
COLLINES CREUSES
VILLAGE DE TROLLS
STEPPES DE SEL
RIVIÈRE ENCHANTÉE
BASSINS PUTRIDES
CAVERNES DU COBRA
LAC SOLITAIRE
LAGON DE LAVE

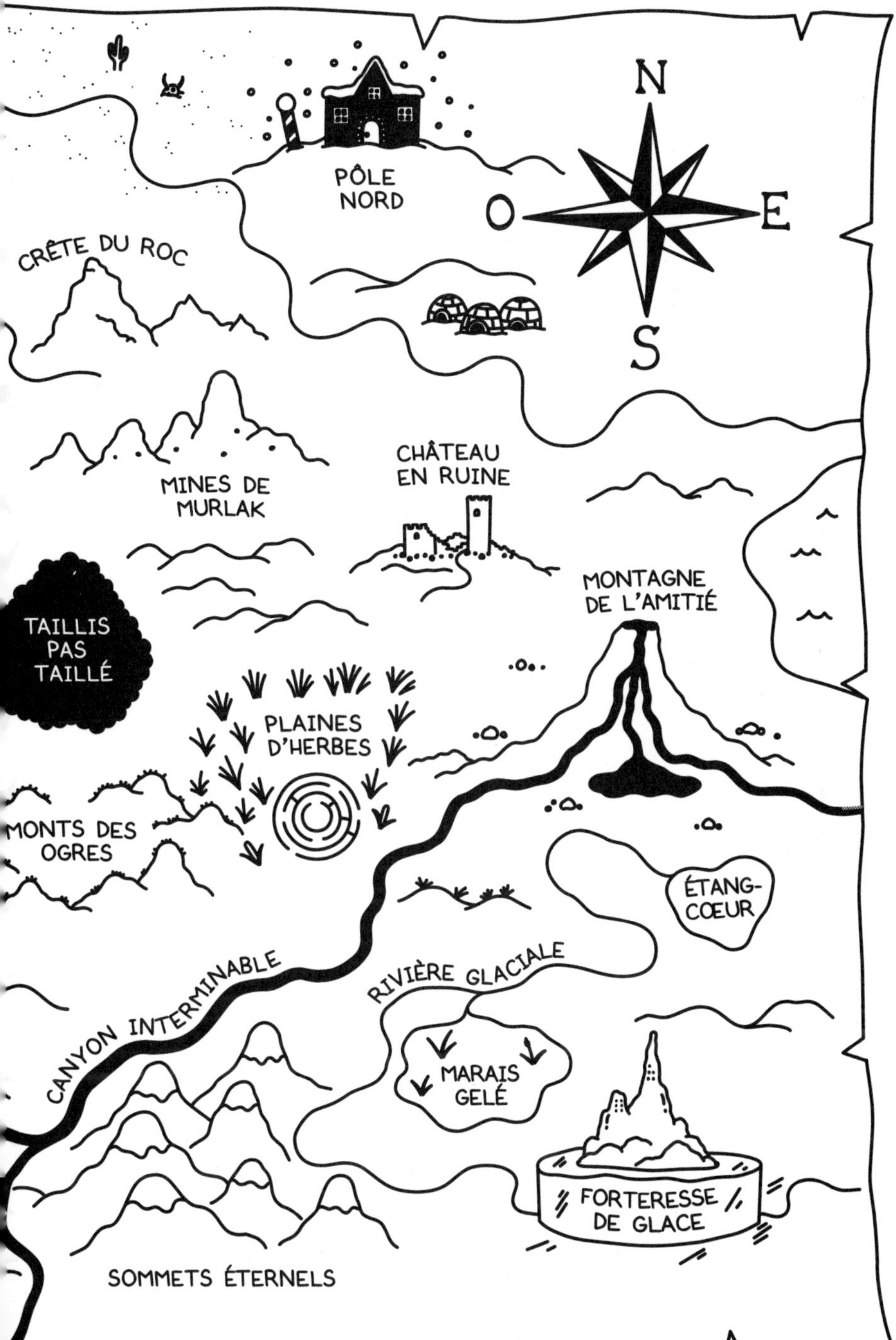
N
O
E
S
PÔLE NORD
CRÊTE DU ROC
MINES DE MURLAK
CHÂTEAU EN RUINE
MONTAGNE DE L'AMITIÉ
TAILLIS PAS TAILLÉ
PLAINES D'HERBES
MONTS DES OGRES
ÉTANG-CŒUR
RIVIÈRE GLACIALE
CANYON INTERMINABLE
MARAIS GELÉ
FORTERESSE DE GLACE
SOMMETS ÉTERNELS

Une fois le deuxième chapitre terminé, j'ai filé chez Greg pour le lui faire lire. Je craignais qu'il n'aime pas trop le meilleur pote de Roland mais, au contraire, il l'a trouvé GÉNIAL.

D'après lui, Garg serait PARFAIT en figurine de super-héros qui dit des trucs quand on lui appuie sur la tête.

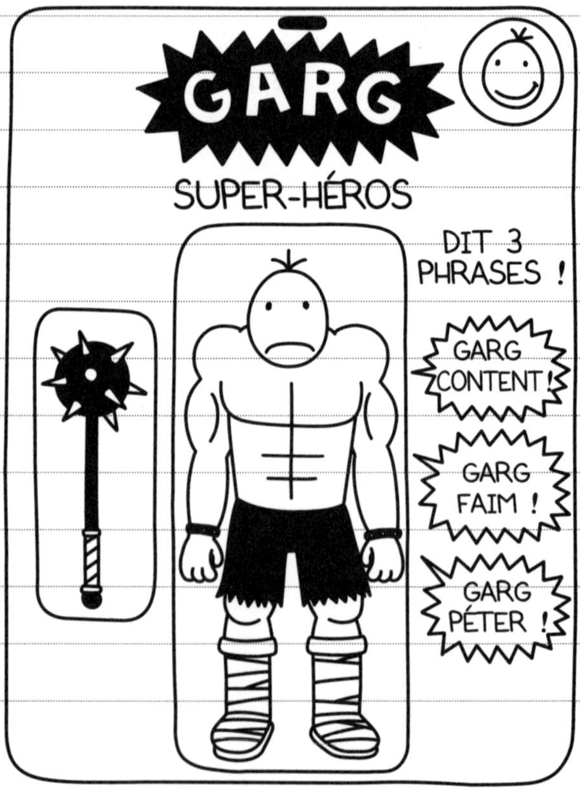

J'ai suggéré que Roland ait AUSSI sa figurine, mais Greg a prétendu que personne n'achèterait un truc pareil parce que Roland était un mec normal qui ne faisait rien d'incroyable.

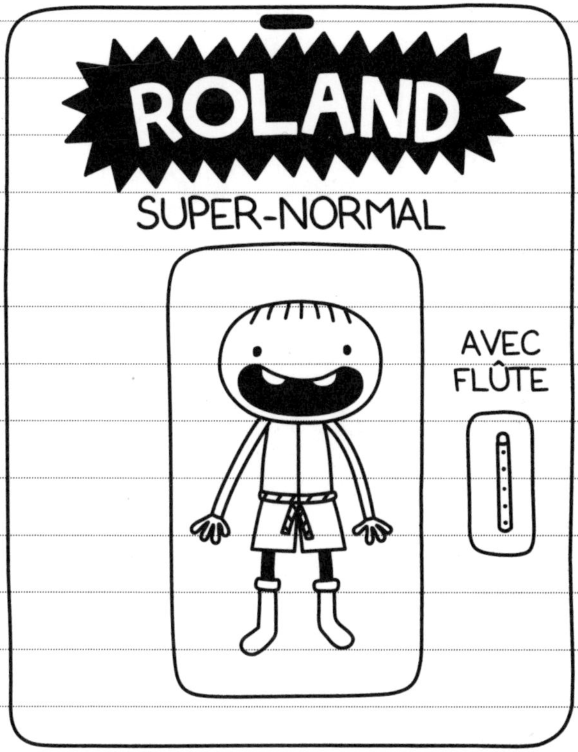

J'ai affirmé que Roland pouvait très bien être un jeune sorcier qui jette des sorts. Mais Greg m'a assuré que les histoires d'apprentis sorciers, ça n'intéresse personne.

D'après lui, Roland devait être un DUR, comme Garg. Car les garçons allaient s'identifier à Garg et les filles, elles, seraient AMOUREUSES de lui et mettraient des posters à son effigie dans leur chambre.

Et pour l'adaptation en FILM, il faudrait faire un casting de culturistes pour trouver un acteur capable de jouer Garg.

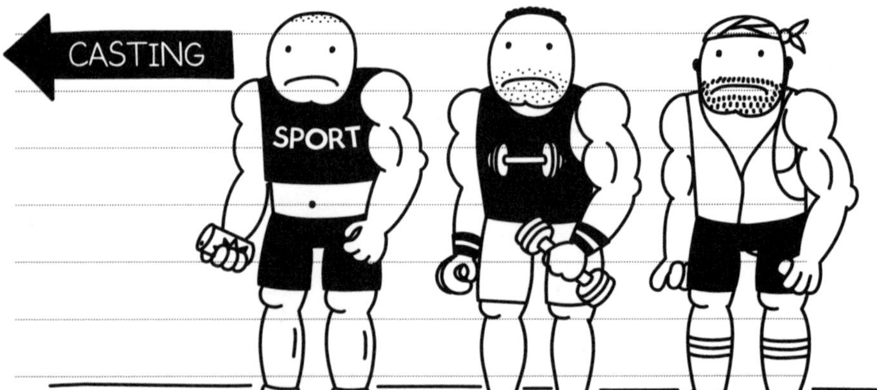

J'ai répliqué que certaines filles accrocheraient peut-être aussi des posters de ROLAND. Et Greg a dit que ouais, peut-être, quand il aura réglé son problème de dents écartées.

Après ça, il m'a conseillé d'écrire un autre livre quand j'aurai fini celui-ci : un PRÉQUEL où Garg serait un BÉBÉ, parce qu'on vendrait des millions de poupons Garg et qu'on se ferait un max de blé.

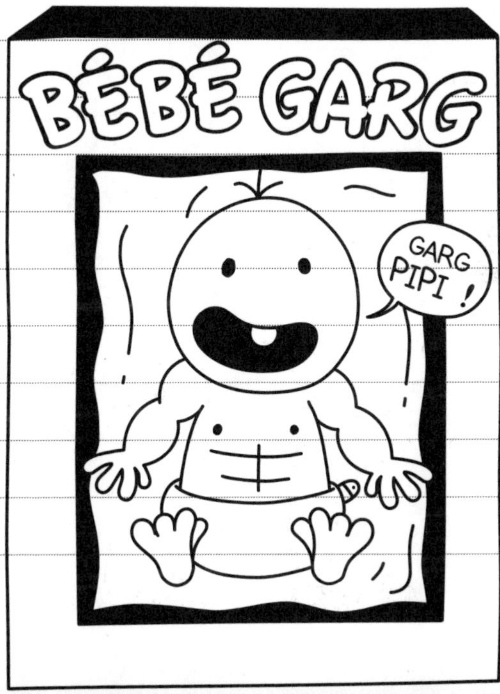

Mais ce que Greg a trouvé le plus COOL, c'est la carte. D'après lui, avoir plein d'environnements différents permet de vendre plusieurs fois la MÊME figurine aux mêmes gamins.

Ça permet aussi de vendre des boîtes de jeu, ce qui tombe bien vu que les boîtes de jeu sont une MINE à pognon.

Le seul souci, selon lui, c'était que ma carte n'était absolument pas LOGIQUE. Parce qu'un désert ne peut pas se trouver à côté d'un sommet enneigé, c'est impossible dans la vraie vie.

Sans parler des trucs qu'il fallait que je corrige, comme la rivière en CERCLE, qui est irréaliste d'un point de vue PHYSIQUE.

J'ai expliqué à Greg que c'était simplement une rivière magique. Et que dans un livre de fantasy, TOUT n'avait pas besoin d'être super logique.

Il m'a dit que si c'était un livre de fantasy, il fallait enlever de la carte les endroits RÉELS comme le pôle Nord.

J'ai précisé que j'avais mis le pôle Nord pour que Roland et Garg aillent rendre visite au père Noël dans son atelier.

Greg a dit que si je parlais du père Noël dans ce livre, il démissionnait.

Et qu'en vérité, il se fichait de cette carte, tant que le chapitre d'après ne parlait pas de Garg et Roland qui vont faire des COURSES. Je l'ai rassuré tout de suite parce que, justement, on s'apprêtait à entrer dans le vif de l'ACTION.

J'espère quand même que Roland et Garg iront rendre visite au père Noël pendant leur voyage, parce que ce serait vraiment cool.

CHAPITRE 3

Roland et Garg quittèrent leur village et se mirent en route.

Le premier jour, ils parcoururent des kilomètres et des kilomètres. Garg avait la plante des pieds épaisse comme du cuir, alors ça ne le dérangeait pas de marcher.

Mais à force de passer son temps à la maison à jouer de la flûte, Roland avait des pieds fins et délicats. Il se fit une ampoule et Garg dut le porter.

La nuit venue, les deux amis plantèrent leur tente et s'installèrent devant un feu de camp.

D'habitude, quand Roland avait une ampoule ou une écharde, sa mère savait quoi faire pour le soulager. Et rien qu'en pensant à elle, il se sentit très triste.

Le lendemain matin, les deux compagnons arrivèrent à un village qui ressemblait au leur.

La route était barrée par des pierres car il y avait eu une avalanche. Roland proposa aux villageois de les aider à tout déblayer et ils répondirent « D'accord ».

C'est ainsi que Garg et Roland passèrent le reste de leur journée à déplacer des rochers super lourds, ce qui se révéla beaucoup plus dur que prévu.

Ce soir-là, les villageois leur offrirent un bon repas chaud et des lits douillets. Et le lendemain matin, Roland et Garg firent leurs bagages pour reprendre la route.

Seulement, avant de les laisser repartir, les villageois leur apprirent qu'ils avaient besoin d'un AUTRE coup de main.

Leurs écuries étaient extrêmement sales parce que personne ne les avait nettoyées depuis des ANNÉES.

Alors ils demandèrent à Roland et Garg de s'en occuper. Ce qui, là encore, se révéla être un gros boulot.

Le nettoyage prit un temps fou et Garg et Roland ne terminèrent qu'à la nuit tombée. Ce soir-là, ils dormirent comme des souches car ils étaient rincés.

Mais quand ils se levèrent, le jour suivant, les villageois leur avaient préparé toute une LISTE de trucs à faire. Et comme Roland aimait rendre service, ils passèrent encore une journée au village.

Souvent, les villageois leur demandaient des trucs qu'ils auraient très bien pu faire EUX-MÊMES.

Mais, à chaque fois que Roland le leur faisait remarquer, ils répondaient la même chose.

Même quand Roland leur MONTRAIT, ils ne comprenaient pas. Si vous vous dites que ces villageois étaient un peu idiots, n'oubliez pas qu'à cette époque les écoles n'existaient pas et que les gens ne savaient pas GRAND-CHOSE.

Roland avait bien envie de reprendre la route mais il continua de rendre service aux villageois en songeant que sa mère serait fière de lui.

C'était mon chapitre préféré, pour le moment. Et, comme je l'ai dit à Greg, il plairait certainement aux parents parce que Roland montrait le BON EXEMPLE.

Mais d'après Greg, les gamins prendraient Roland pour un PIGEON qui fait le sale boulot des autres.

J'ai expliqué que Roland aimait rendre SERVICE et que ça ne faisait pas de lui un pigeon. Greg a rétorqué que s'il rendait service à tout le monde, le bouquin allait faire dix mille pages.

J'ai ajouté que Roland aidait TOUJOURS les gens dans le besoin parce que c'est ainsi que ses parents l'avaient ÉDUQUÉ.

Et là, Greg m'a fait remarquer que si Superman aidait tous ceux qui sont dans le pétrin, il n'aurait jamais un moment pour se POSER.

Puis il a suggéré que Roland et Garg quittent un peu la grand-route, histoire de ne pas croiser sans arrêt des villageois dans le besoin.

À son avis, ce bouquin était censé raconter une AVENTURE mais, pour le moment, c'était surtout l'histoire de deux mecs qui se tapent plein de CORVÉES.

Il a ajouté que, pour rendre ce livre SYMPA, il fallait que j'y ajoute des MONSTRES.

J'ai répondu que, bon, les MONSTRES, j'étais pas sûr, mais pourquoi pas des licornes, des fées ou des elfes des bois...

Greg a prétendu que les elfes des bois n'existent pas, mais je ne suis pas trop d'accord parce qu'une fois, en camping, mon père en a vu UN.

Quand j'ai demandé à Greg comment il pouvait être si SÛR que les elfes des bois n'existent pas, il a dit le même TRUC qu'à chaque fois qu'il veut avoir raison.

Puis il a décrété que si je mettais des FÉES, autant ajouter des TROLLS parce que les trolls MANGENT les fées.

J'ai trouvé ça dégoûtant, mais il a affirmé que c'était le cycle naturel de la vie et que je n'avais plus quatre ans.

CHAPITRE 4

Les villageois n'arrêtaient pas d'ajouter des choses sur la liste et, au bout d'une semaine, Roland leur annonça qu'ils devaient se remettre en route pour sauver sa mère.

Les villageois lui proposèrent de revenir plus tard avec sa mère, pour qu'elle AUSSI donne un petit coup de main. Roland promit de lui en parler et il dit au revoir à ses nouveaux amis.

C'est ainsi que les deux compagnons quittèrent la grand-route et entrèrent dans la Forêt obscure.

Roland n'était pas rassuré de s'enfoncer dans les bois. Les arbres étaient effrayants et l'ambiance ultra sinistre.

Il savait qu'ils n'y trouveraient probablement aucun elfe, mais il ne cessait de regarder partout pour vérifier.

Heureusement, au cœur de l'inquiétante forêt, Garg et Roland débouchèrent bientôt dans une clairière et y trouvèrent un magnifique village de fées.

Les fées leur souhaitèrent la bienvenue et leur servirent de la soupe de champignons sauvages. Roland n'était pas fan de soupe de champignons, mais il finit tout de même son bol pour ne pas être malpoli.

Roland félicita les fées pour leur village magnifique et elles répondirent que c'était normal, car elles vivaient en harmonie avec la nature, elles, au moins, et n'accumulaient pas les ordures comme ces trolls répugnants.

Roland leur fit remarquer que c'était méchant de traiter les gens de « répugnants ». Elles lui répondirent : « Attends plutôt de faire leur connaissance et tu verras. »

Elles demandèrent à Roland et Garg ce qu'ils faisaient dans la forêt, et Roland expliqua qu'ils avaient pris un raccourci pour sauver sa mère des griffes du Sorcier blanc.

Les fées furent désolées d'apprendre cette histoire d'enlèvement. Mais selon elles, pour vaincre le Sorcier blanc, Garg et Roland auraient besoin d'ARMES.

Roland leur expliqua qu'il n'était pas très BRANCHÉ combat, parce que ses parents lui avaient appris que si on est gentil avec les autres, les autres sont gentils en RETOUR. Et les fées éclatèrent de rire.

Quand elles eurent fini de rigoler, elles conclurent qu'il leur faudrait quand même des armes « au cas où ».

Elles apportèrent à Garg un énorme gourdin à piquants.

Puis elles parlèrent à Roland d'une épée qui lui conviendrait BIEN mais qui était coincée dans un ROCHER.

Elles conduisirent les deux compagnons au plus profond de la forêt pour leur montrer l'épée.

Apparemment, Bampy le Vaillant était venu dans ces bois jadis, et c'est lui qui avait planté son arme dans cette pierre. La légende disait que seul un cœur pur parviendrait à la libérer du rocher.

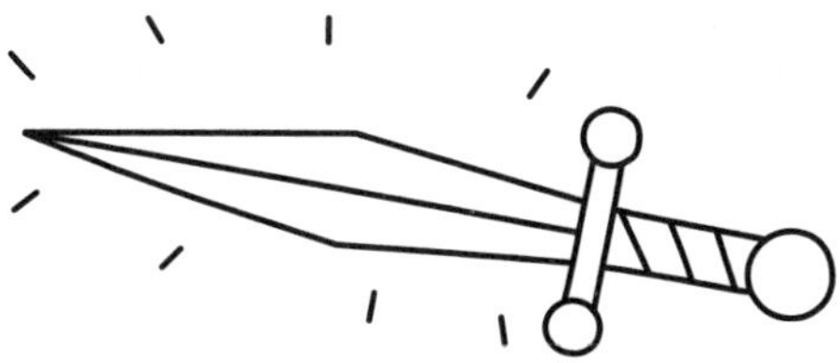

Garg essaya mais, malgré ses muscles, l'épée ne REMUA pas d'un pouce.

Les fées proposèrent à Roland de TENTER sa chance. Mais il était découragé d'avance vu qu'il était mille fois MOINS fort que Garg.

Il essaya TOUT DE MÊME. Et, dès qu'il attrapa l'épée, celle-ci glissa hors de la pierre.

Alors, Roland comprit : cela signifiait qu'il avait un cœur pur. Ce qui lui donna un GROS sentiment de fierté car cela prouvait que ses parents l'avaient BIEN élevé.

J'ai fait lire mon nouveau chapitre à Greg, qui a tout de suite exprimé des réserves sur cette affaire d'épée.

D'après lui, il n'était pas du tout RÉALISTE que Roland réussisse et pas Garg. Et Garg avait certainement fait l'essentiel du boulot en DÉCOINÇANT l'épée, d'où le fait que Roland soit parvenu à la sortir si facilement.

J'ai précisé que c'était une épée MAGIQUE qui faisait partie d'une LÉGENDE. Sa lame avait été forgée dans les flammes de la Montagne de l'Amitié par un magicien nommé Walter le Merveilleux.

Greg m'a demandé comment s'appelait L'ÉPÉE, car une épée magique a forcément un nom.

J'ai répondu « Jeremy » parce que c'est le premier nom qui m'est venu à l'esprit. Mais je regrette un peu, parce que, en prenant mon temps, j'aurais trouvé MIEUX. Et ça aurait évité que Greg ne pique un fou rire.

Ensuite, Greg a voulu savoir quels étaient les pouvoirs magiques de l'épée. Je lui ai expliqué qu'elle avait le POUVOIR de changer les méchants EN GENTILS et, à nouveau, il s'est bidonné.

Il pensait que l'épée devait avoir des pouvoirs COOL, genre rayon laser.

Mais moi, je préférais mon idée parce qu'elle était plus ORIGINALE.

Greg m'a dit que, si mon but était d'être original, il fallait que je trouve autre chose qu'une épée plantée dans une pierre, car il y avait déjà eu UN FILM sur le sujet.

Je lui ai rappelé que ce n'était pas une pierre, mais un ROCHER, et Greg a répondu : « O.K., ben, bon courage pour le procès. »

Ensuite, il a admis qu'au moins, c'était une bonne chose que les personnages aient enfin des ARMES, parce qu'on allait pouvoir en faire des JOUETS.

Je lui ai fait remarquer que ça ne me paraissait pas une SUPER idée, parce que les enfants risquaient de se blesser et que ça ne plairait pas aux parents. Greg a répliqué que, tant que c'étaient des jouets en mousse, les parents n'en auraient RIEN à faire.

CHAPITRE 5

Quand Roland et Garg prirent congé de leurs amies les fées, il faisait nuit noire et ils ne voyaient pas bien où ils mettaient les pieds. Résultat, deux minutes plus tard, ils dévalaient la pente d'une COLLINE.

Arrivés en bas, ils furent aussitôt encerclés par des TROLLS. Et, bien que Roland ne puisse pas l'admettre tout haut, il fallait bien reconnaître qu'ils étaient répugnants.

Les trolls conduisirent Roland et Garg à leur chef qui siégeait sur un énorme trône d'ORDURES. Roland était persuadé que son pote et lui allaient se faire dévorer après avoir été mijotés à petit feu.

Mais pas du tout : le roi des trolls se révéla plutôt SYMPA. Il s'excusa de l'état de son royaume et expliqua que ce n'était pas leur FAUTE.

Il raconta à Roland et Garg que, chaque soir, les fées balançaient leurs ordures dans la vallée et que celles-ci finissaient chez les trolls.

Si les Trolls étaient si sales, c'était donc parce qu'ils passaient leur temps à nettoyer les ordures des FÉES. Et aussi parce qu'ils ne croyaient pas trop à l'utilité des douches, ce qui bien sûr n'aidait pas.

Puis le roi des trolls expliqua que cette histoire de fées qui vivaient en harmonie avec la nature était BIDON, vu qu'elles balançaient leurs ordures chez les AUTRES.

S'il y avait bien UNE chose que Roland détestait, c'étaient les pollueurs. Alors, accompagné des trolls, il retourna chez les fées d'un pas décidé.

Les fées n'étaient pas ravies de voir les trolls débarquer dans leur village enchanté. Et elles ne se privèrent pas de le MONTRER.

Roland ordonna aux fées d'arrêter de jeter leurs ordures chez les trolls parce que ce n'était pas COMME ÇA qu'on réglait les problèmes de déchets.

Les fées lui expliquèrent que c'était pour se venger des trolls qui venaient régulièrement chez elles pour les DÉVORER.

Et quand Roland demanda au roi des trolls si c'était VRAI, il lui expliqua que les trolls ne pouvaient pas S'EMPÊCHER de manger les fées car elles étaient trop SUCCULENTES.

Alors, Roland proposa un plan de PAIX : si les trolls juraient de ne plus se nourrir de fées, celles-ci devaient promettre de ne plus balancer leurs ordures dans la vallée.

Le roi des trolls et la chef des fées trouvèrent que c'était fair-play. Ils croisèrent les petits doigts pour conclure l'affaire.

Enfin, Roland montra à tout le monde COMMENT on recycle les déchets et la paix régna dès lors dans la forêt.

Greg était plutôt satisfait que mon livre contienne ENFIN des monstres, mais il n'était pas fan de l'épisode sur le recyclage. D'après lui, les gamins n'aiment pas trop les bouquins qui font passer un MESSAGE et il suggérait de supprimer cette partie.

Je l'ai prévenu que j'avais prévu de mettre PLEIN de messages dans mon livre, du genre « Non au harcèlement », ou « Sauvons la planète » ou « Vive la magie de Noël ». Mais Greg m'a assuré que les gosses ne voulaient pas de leçons. Ils veulent de l'ACTION.

Il a insisté pour que je réécrive le dernier chapitre et que j'y case une BASTON entre les trolls et les fées qu'on pourrait ensuite adapter en JEU VIDÉO.

Sauf que mes parents m'interdisent les jeux de baston, alors autant partir sur un truc qu'ils approuveraient.

Greg a dit : « D'accord, on oublie les trolls et les fées. Parlons plutôt des monstres que Garg et Roland vont rencontrer APRÈS. » Il a sorti un livre sur la mythologie de sa bibliothèque et on l'a consulté ensemble.

J'ai dit qu'on n'avait pas le droit d'utiliser les monstres de ce bouquin parce que ce serait copier l'idée de quelqu'un d'autre.

Mais Greg a répondu que les mecs qui avaient inventé ces monstres étaient morts depuis une éternité et que, maintenant, TOUT LE MONDE avait le droit de les utiliser. Il a ajouté qu'il y avait plein d'AUTRES personnages super anciens qu'on pouvait AUSSI utiliser.

Du coup, mon prochain chapitre va comporter DES TAS de monstres et plein de nouveaux personnages. J'espère que Greg ne me fait pas une blague, parce que je n'ai aucune envie d'avoir un PROCÈS aux fesses.

CHAPITRE 6

Quand Roland et Garg quittèrent la forêt, ils mirent le cap à l'est, direction les Steppes de sel. Mais là, il ne se passa rien d'intéressant, alors passons directement au moment où ils atteignirent la Chaîne des cimes tranchantes.

Les montagnes étaient beaucoup trop abruptes, alors Roland et Garg bifurquèrent au nord, vers le le Col rocheux. Sauf qu'ils durent faire une halte à cause d'un terrible orage et trouver un ABRI. Par chance, il y avait une grotte tout près et ils s'y réfugièrent le temps que la tempête se calme.

À l'intérieur, comme il faisait tout noir, Roland alluma une torche. C'est alors qu'il se trouva nez à nez avec le MINOTAURE.

Si vous vous dites : « Ouh là, Roland va se faire dévorer par le Minotaure », eh bien, DÉTROMPEZ-VOUS. Car c'était en réalité une STATUE du Minotaure.

Quand les yeux de Roland se furent habitués à la lueur de la flamme, il s'aperçut que la caverne était TRUFFÉE de statues.

Il ne les reconnut pas toutes, mais il aperçut Tom Sawyer, le lion du Magicien d'Oz et même Thor, le dieu du tonnerre.

Roland se demanda si cette caverne était un MUSÉE, car, dans ce cas, il ne fallait rien toucher. Mais Garg mourait d'envie de tester son gourdin et les statues lu donnaient une bonne excuse.

Pour Roland, c'était un peu comme jeter des déchets partout et, grâce au chapitre précédent, vous imaginez ce qu'il RESSENTAIT.

Mais, au moment où Garg allait pulvériser la statue d'un mec avec une loupe et une pipe, celle-ci S'ANIMA. Alors Roland comprit que ce n'était pas une statue.

C'était SHERLOCK HOLMES, le célèbre détective !

Roland lui demanda ce qu'il fabriquait au fond de cette grotte. Sherlock expliqua qu'il menait une enquête sur des personnes mystérieusement disparues dans la Chaîne des Cimes tranchantes, et que les indices l'avaient mené jusqu'ICI.

Quand Roland lui demanda s'il avait percé le mystère, Sherlock répondit que oui : tous ces gens avaient été transformés en statues par MÉDUSE.

Cela fila une grosse frayeur à Roland. Il dit à Garg qu'il valait mieux se tirer de là VITE FAIT. Mais Sherlock, au contraire, leur conseilla de rester complètement immobiles car, JUSTEMENT, Méduse était en train de sortir de sa douche.

Roland, Garg et Sherlock Holmes se figèrent donc comme des statues et fermèrent les yeux quand Méduse glissa devant eux.

Sauf que Garg, pris d'un élan de curiosité, jeta un COUP D'ŒIL une seconde avant que Méduse entre dans sa chambre et il fut statufié.

Sherlock dit à Roland qu'ils devaient se PLANQUER avant qu'elle revienne, et ils se faufilèrent dans la salle de bains et fermèrent la porte.

Roland aurait largement préféré qu'ils se faufilent DEHORS, parce que maintenant, ils étaient pris au PIÈGE.

Heureusement, Sherlock promit d'user de ses talents de détective pour les sortir de ce pétrin et, en effet, il dénicha un INDICE. Il constata que Méduse n'avait pas de miroir dans sa salle de bains, car si elle voyait son propre reflet, elle se transformerait ELLE-MÊME en statue.

Il fallait donc qu'ils trouvent un miroir. Et Roland se rappela que Garg en avait toujours un sur lui pour pouvoir admirer ses muscles à la moindre occasion.

Roland quitta la salle de bains à pas de loup et fouilla dans le sac de son ami.

Seulement, il fit TROP DE BRUIT et Méduse sortit de sa chambre pour voir d'où venait tout ce vacarme.

Roland attrapa le miroir et le tourna vers elle. Mais quelqu'un lui avait apparemment DÉJÀ fait le coup car elle RENVOYA son propre reflet à l'aide d'un bouclier en métal.

C'est alors que Sherlock Holmes surgit de la salle de bains pour voir ce que fichait Roland. Et c'est ainsi que le plus célèbre détective du monde fut transformé en statue.

Roland savait qu'il serait le PROCHAIN sur la liste s'il ouvrait les yeux. Aussi, même quand Méduse tenta de l'embobiner, il garda les paupières BIEN fermées.

Puis Méduse fit semblant d'avoir quitté la pièce. Mais Roland ne tomba pas dans le panneau parce qu'il entendait ses serpents.

Comme Roland ne pouvait pas garder les yeux fermés pour TOUJOURS, il réfléchit à ce que Sherlock ferait à sa place. Il pensa aux serpents de Méduse et il eut une IDÉE.

Il dit à la gorgone qu'il savait pourquoi ses serpents étaient si ÉNERVÉS : c'était à cause de son shampoing super chimique qui leur irritait les YEUX. Or, il avait justement dans son sac un shampoing très DOUX qui pourrait peut-être les calmer.

Méduse répondit qu'elle voyait CLAIR dans son jeu, mais Roland jura qu'il ne mentait jamais car ses parents l'avaient bien élevé.

Du coup, Méduse se laissa tenter. Elle prit le shampoing dans le sac de Roland et retourna sous la douche. Quand elle sortit, elle était ravie et dit à Roland qu'il pouvait ouvrir les yeux car elle avait mis des lunettes de soleil.

Roland ne savait pas si Méduse était bien élevée – si ça se trouve, c'était encore une entourloupe. Mais comme il n'entendait plus de sifflement de serpents, il décida de lui faire confiance.

Méduse lui demanda s'il la trouvait belle comme ça. Roland se souvint alors de ce que sa mère lui avait toujours dit : « Si tu n'as rien de GENTIL à dire, mieux vaut ne rien dire DU TOUT. »

Et c'est ce qu'il fit.

Greg a trouvé GÉNIAL d'avoir mis tous ces personnages CLASSIQUES dans ce chapitre parce que les bibliothécaires seraient comme des OUFS. Ensuite, il a dit que si en plus on remplaçait Roland par un mec que les gens CONNAISSAIENT, ce serait mille fois plus VENDEUR.

D'après Greg, le personnage de Méduse était parfait parce que les gens voient très bien qui elle est.

En plus, on pourrait vendre plein de têtes à coiffer « Méduse » aux filles.

J'ai dit que des garçons pourraient aussi y jouer, s'ils aiment les jouets dans ce style.

Le seul truc qui inquiétait Greg, c'était la PIPE de Sherlock parce que les adultes n'aiment pas ce genre de détail et qu'ils n'accepteraient jamais de vendre le bouquin à la kermesse de l'école.

Je lui ai expliqué que la pipe faisait partie du COSTUME de détective et qu'il n'y avait rien DEDANS. Du coup, il a dit que ça devrait passer.

CHAPITRE 7

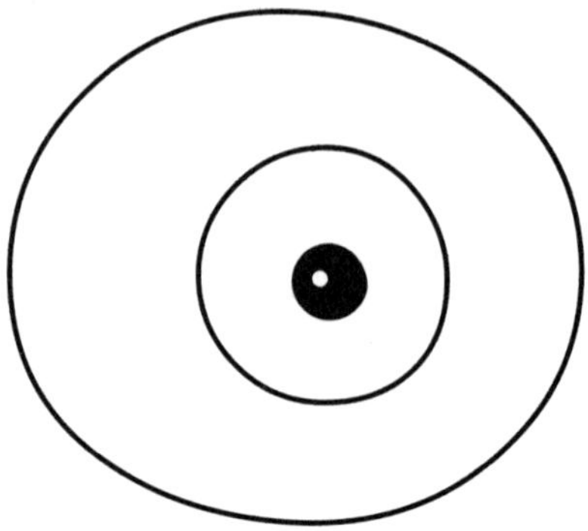

Méduse remercia Roland pour le shampoing et lui dit qu'il était libre. Mais Roland ne pouvait pas partir sans son meilleur ami Garg et sans son NOUVEAU copain Sherlock.

Roland demanda donc à Méduse de les détransformer, mais elle répondit que seul un MAGICIEN pouvait faire un truc pareil. Et qu'elle n'en connaissait qu'un : Cyclope l'Enchanteur, qui vivait dans le Marécage brûlé.

C'est ainsi que Roland partit à la recherche de Cyclope l'Enchanteur. Même s'il n'était pas rassuré à l'idée de voyager seul, il prit son courage à deux mains en pensant à sa mère.

Le Marécage brûlé se révéla encore plus horrible que prévu, surtout que Roland se PERDIT. Mais soudain il aperçut au loin une cabane éclairée.

C'était bien la cabane de Cyclope l'Enchanteur qui invita Roland à entrer.

Même si ses parents lui avaient appris à ne JAMAIS parler aux inconnus, Roland se dit qu'il pouvait faire une petite exception.

Cyclope l'Enchanteur avoua à Roland qu'il le suivait depuis longtemps à travers sa boule de cristal. Il savait tout de l'enlèvement de sa mère, de l'affaire du Sorcier blanc, de Méduse, de Garg et même de Sherlock.

Roland était un peu MAL À L'AISE de penser que ce type l'avait surveillé tout ce temps, même si ça l'arrangeait un peu de ne pas avoir à raconter toute son histoire depuis le début.

Cyclope l'Enchanteur lui expliqua que le but du Sorcier blanc était de faire régner l'hiver ÉTERNEL sur le royaume. Et aussi que la mère de Roland devienne sa REINE.

Roland fit remarquer que ce serait impossible, vu que sa mère était déjà mariée à son PÈRE. Mais Cyclope l'Enchanteur précisa que le Sorcier blanc pouvait lui faire oublier son ancienne vie d'un simple claquement de doigts.

Puis il lui révéla que le PIRE, dans tout ça, c'est que Roland deviendrait alors le beau-fils du Sorcier blanc et qu'il serait obligé de jouer au ballon avec lui et de l'appeler Papa.

La bonne nouvelle, c'est qu'il restait encore un peu de temps pour sauver sa mère, parce que le Sorcier blanc ne la ferait reine qu'au premier croissant de lune, d'ici une dizaine de jours.

L'Enchanteur précisa que sa Forteresse de glace était entourée d'un mur épais de neuf mètres et haut de dix mètres, et que personne ne l'avait jamais franchi.

Roland connaissait bien un mec très doué en démolition... Le souci, c'est qu'il était actuellement coincé dans la grotte de Méduse sous forme de statue.

Greg a trouvé ce nouveau chapitre pourri parce que, en gros, ça parlait de deux mecs qui discutent dans un marécage.

Mais quand j'ai proposé d'ajouter un peu d'ACTION, il a dit que c'était pas la peine. Ce passage serait le moment du film où les gens se lèvent pour aller aux toilettes et pour acheter un truc à grignoter.

Ensuite, il est passé au VRAI souci de ce bouquin : il y avait beaucoup trop de GARÇONS. J'ai fait remarquer que Méduse était une fille mais il a dit que ça ne comptait pas vu que c'était un MONSTRE.

Il a suggéré qu'on ajoute des nanas normales pour que les filles aient ENVIE de voir le film. Sinon, on risquait de se faire MOITIÉ MOINS de fric.

L'autre problème, pour Greg, c'était cette affaire d'hiver éternel. D'après lui, ça avait déjà été fait MILLE fois, alors il fallait trouver AUTRE CHOSE.

J'ai suggéré que le Sorcier blanc fasse régner un PRINTEMPS éternel. Mais Greg a dit que c'était la pire des idées puisque tout le monde ADORE le printemps.

Je garderai donc l'hiver, à moins que je ne trouve une autre saison que tout le monde DÉTESTE.

CHAPITRE 8

Quand Roland et Cyclope l'Enchanteur arrivèrent à la grotte, Méduse n'était pas là. Elle avait laissé un petit mot disant qu'elle était partie pour New York tenter sa chance comme mannequin.

Roland montra la statue de Garg à Cyclope l'Enchanteur et celui-ci utilisa sa baguette pour le retransformer en barbare.

Le sorcier détransforma aussi Sherlock. Ensuite, il s'emballa un peu et déstatufia TOUT LE MONDE.

DZING
DZING
DZING

Quand Roland vit à quel point c'était facile pour lui de détransformer les statues, il se sentit un peu mal pour celles que Garg avait pulvérisées.

La plupart des créatures se tirèrent de la grotte vite fait, au cas où Méduse ne percerait pas dans la mode et déciderait de REVENIR.

Mais d'autres restèrent pour remercier Roland de les avoir sauvées et pour savoir comment il avait atterri dans cette caverne.

Roland leur raconta donc l'histoire de sa mère, du Sorcier blanc et de l'hiver éternel.

Là-dessus, la fille elfe annonça qu'elle voulait VENIR AVEC LUI pour sauver sa mère. Et tous les AUTRES l'imitèrent.

Et Roland fut ravi parce qu'il savait que sa mère serait fière qu'il se soit fait autant de nouveaux amis.

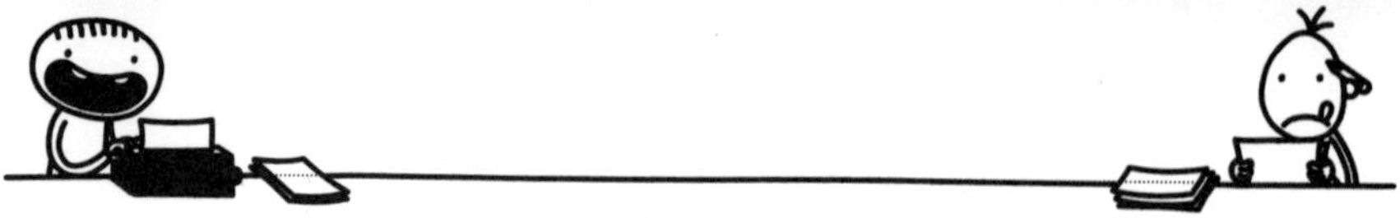

Greg a trouvé ce chapitre aussi nul que le précédent parce que lui AUSSI ne parle que de gens qui discutent. Mais il a QUAND MÊME aimé un truc : les nouveaux PERSONNAGES.

Selon lui, l'intérêt d'avoir plein de personnages, c'est qu'à la sortie du film, on pourra faire plusieurs affiches différentes.

Et aussi, cerise sur le gâteau, plein de figurines en plastique de tous les personnages pour les vendre dans les menus enfant des fast-foods.

Moi, cette idée ne me plaisait pas trop parce que je n'ai pas envie D'INCITER les gamins à manger au fast-food. Mais Greg m'a rappelé qu'ils n'avaient qu'à choisir les « savoureux quartiers de pomme » à la place des frites, ce qui m'a un peu rassuré.

L'autre truc, c'est que je ne veux pas qu'on fasse plein de jouets en plastique parce que ce n'est pas ÉCOLO.

Greg a dit qu'on n'aurait qu'à fabriquer des jouets en plastique BIODÉGRADABLE. Ça aussi, ça m'a un peu rassuré.

Dans ce chapitre, Greg a surtout aimé la fille elfe qui s'appelle Shae'Vana. D'après lui, les gamines la trouveraient cool et voudraient se déguiser en ELLE à Halloween.

Du coup, il faudrait qu'elle ait un TRUC spécial et Greg a proposé qu'elle soit une elfe VOLEUSE. Je lui ai rappelé que c'était MAL de voler mais il a dit : « Sauf si c'est son métier. » Là-dessus, il n'avait pas tort.

Par contre, il y a aussi des personnages qui n'ont pas plu à Greg, genre l'alien qu'il vaudrait mieux virer, parce qu'on est sur de la FANTASY, pas sur de la science-fiction.

Il n'était pas fan non plus du mec mi-homme, mi-vache prénommé Stephen.

Il a dit que si mon but était de dessiner un CENTAURE, il devait être mi-homme, mi-CHEVAL, pas mi-homme, mi-bovin. Moi, j'étais sûr (à 90%) que les centaures peuvent aussi être mi-vaches, mais Greg a dit que les vaches sont forcément des FILLES, et que si je tenais VRAIMENT à ce que Stephen soit mi-vache, il fallait supprimer sa moustache.

Je trouvais que ça commençait à devenir compliqué, alors autant retirer Stephen. Mais Greg n'était pas d'accord parce que ses pis seraient BIEN PRATIQUES pour faire des produits dérivés dans les fast-foods.

CHAPITRE 9

Roland et sa bande franchirent le Col rocheux pour traverser la Chaîne des Cimes tranchantes. Ils furent attaqués par des ogres qui leur balancèrent des rochers gigantesques. Et Roland se félicita d'avoir bien pensé à mettre son heaume.

Tout le monde avait peur de se faire écraser par les rochers, mais Cyclope l'Enchanteur fit apparaître une main géante pour les PROTÉGER.

Une fois le col franchi, les amis étaient tellement HEUREUX d'être encore en vie qu'ils décidèrent de se POSER une minute pour fêter ça en buvant du lait frais. Et tous trouvèrent que le lait a BIEN meilleur goût que les sodas super chimiques qu'on trouve partout.

Mais ils avaient crié victoire TROP TÔT car cinq secondes plus tard, des AIGLES géants leur fondirent dessus et les attrapèrent avec leurs serres.

Au début, Roland trouva RIGOLO de voler dans le ciel. Mais bientôt, il comprit qu'ils allaient servir de GOÛTERS aux aiglons.

Heureusement, Shae'Vana était très forte au tir à l'arc et elle SAUVA tout le monde. Puis la main magique les rattrapa tous et les reposa tranquillement au sol.

Tout le monde surnomma la main « La Gauche » et ils lui firent des checks pour la remercier.

Ce qui plut beaucoup à La Gauche.

Le groupe convint qu'il était risqué de rester à découvert et que le plus sûr serait de couper par les Mines de Murlak. Mais quand ils entrèrent dans la mine, Garg se cogna la tête et le tunnel s'effondra.

Résultat : ils étaient PRISONNIERS du tunnel. Le seul moyen de s'en échapper était de traverser la mine pour ressortir de l'autre CÔTÉ.

Après une longue marche dans l'obscurité, Roland et sa bande atteignirent un grand lac souterrain. Au début, ils pensèrent qu'ils étaient coincés pour de BON vu que la moitié d'entre eux ne savait pas NAGER.

Heureusement, le lac ne faisait que quelques centimètres de profondeur et ils purent traverser sans stress. Quand ils arrivèrent de l'autre côté, hélas ! ils découvrirent qu'ils étaient couverts de SANGSUES GÉANTES.

Roland était bien flippé parce que, une fois, en colo, il s'était pris une sangsue à un endroit gênant et sa mère avait dû venir le chercher deux jours avant la fin.

Heureusement, ce n'était pas un problème pour Cyclope l'Enchanteur. Il n'eut qu'à toucher les sangsues d'un coup de baguette magique pour les faire disparaître.

L'ennui, c'est que ses coups de baguette magique firent beaucoup de bruit, et que cela leur attira de NOUVEAUX ennuis. Ils se trouvèrent tout à coup entourés d'ÉNORMES YEUX.

Mais tout le monde se détendit quand les créatures sortirent de l'ombre et qu'il s'avéra que c'étaient des NAINS.

Cependant, les nains étaient FURIEUX. Ils pensaient que Roland et ses amis étaient venus leur VOLER leurs pierres précieuses. Alors la bande sauta dans des chariots pour s'échapper dare-dare.

Sauf que les rails s'arrêtaient d'un coup et que Roland et ses compagnons furent projetés contre un mur qu'ils DÉMOLIRENT avant de se retrouver dehors.

Comme les nains n'étaient pas habitués à la clarté du soleil, ils restèrent dans la mine à balancer des insultes et à traiter Roland et ses copains de tous les noms.

Mais Roland recommanda aux autres de les IGNORER parce que si les nains les harcelaient, c'était justement, pour qu'ils RÉAGISSENT.

Et tout le monde trouva que c'était un très bon conseil.

Greg n'était vraiment pas fan du message anti-harcèlement mais il ADORAIT la scène des chariots dans la mine. Il a dit qu'on pourrait en faire un parc d'attractions génial et vendre des photos souvenir à trente dollars.

À son avis, le problème de ce bouquin était qu'il manquait d'HUMOUR. D'après lui, une bonne histoire doit avoir plein de moments DRÔLES et celle-ci n'en avait AUCUN.

J'ai proposé d'ajouter des blagues de monsieur-madame dans le prochain chapitre, mais Greg a prétendu que ces blagues-là étaient le niveau zéro de l'humour.

Je lui ai rappelé que les gens riaient toujours à mes blagues de monsieur-madame mais il a RÉTORQUÉ que c'était par POLITESSE.

J'ai dit : « Bon, d'accord, mais dans ce cas, QU'EST-CE qui fait rire les gens ? » Et Greg a répondu : « Les gags physiques genre pets, rots, tout ça. » Sauf que MOI, ces blagues-là ne me font pas trop rire.

Chez moi, il est interdit de dire « péter ». On dit « évacuer un gaz ». Et on n'a pas le droit d'évacuer un gaz pendant le repas.

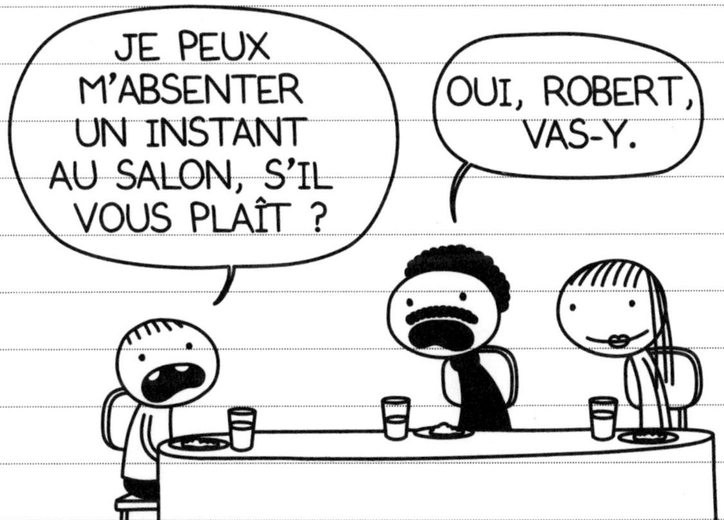

Greg a dit que si je voulais écrire un livre, je n'avais pas le choix : il fallait que je mette des trucs crados, ou les gamins ne l'achèteraient JAMAIS.

Puis Greg a annoncé qu'il avait une encore MEILLEURE idée. Il a dit que, de nos jours, plein de livres contiennent des bonus, genre planches de stickers et mini-posters.

Du coup, on n'avait qu'à créer une planche de stickers dégoûtants pour que les gosses puissent coller leurs PROPRES gags corporels LÀ où ils voulaient.

Il a dit aussi qu'il fallait prévoir plein de gags BURLESQUES parce que tout le monde adore ça.

Par exemple, il m'a conseillé d'imaginer une scène où tous les autres joueraient un tour à Cyclope l'Enchanteur en balançant son œil en haut d'un mur. Pour le coup, j'ai eu peur que ça ne fasse un peu « harcèlement ».

En plus, Greg m'a parlé d'un AUTRE truc qui manque, dans mon livre : c'est une histoire d'AMOUR. Pour lui, TOUS les bons bouquins comportent une intrigue PLUS OU MOINS romantique.

Et le couple parfait, d'après Greg, ce serait Garg et Shae'Vana, parce qu'elle kiffe ses muscles.

J'ai suggéré qu'elle pourrait plutôt craquer pour ROLAND, pour sa sensibilité et son petit air timide.

Mais Greg pense que Roland est trop focalisé sur ses exercices de flûte pour s'intéresser aux filles. Donc autant partir sur Garg.

Là, j'ai dit qu'on n'était pas OBLIGÉS de mettre une histoire d'amour, et que des garçons et des filles pouvaient très bien être AMIS. Mais Greg a répondu que le MIEUX serait même que Garg et Roland se BATTENT pour Shae'Vana.

Oui, eh bien moi, je ne trouve pas ça terrible que deux potes se bagarrent pour une fille. Alors, s'il faut vraiment une romance dans ce livre, ce sera avec un NOUVEAU personnage.

CHAPITRE 10

À la fin de cette journée mouvementée, tout le monde était épuisé. Pourtant, personne n'avait tellement envie de camper au cas où un monstre se pointerait et les dévorerait dans leur sommeil.

Par chance, Cyclope l'Enchanteur avait entendu parler d'un vieux château abandonné non loin de là, et il proposa d'y dormir.

Tout le monde approuva, sauf Roland qui avait un peu les CHOCOTTES.

Mais ce château n'était PAS abandonné. Une lumière brillait au sommet de la plus haute tour et ils se dirent de quelqu'un devait grimper pour inspecter les lieux.

Shae'Vana se porta volontaire et Roland s'empressa de l'accompagner. Quand ils arrivèrent au pied de la tour, Shae'Vana attacha une corde à une flèche et visa le rebord d'une fenêtre.

Elle monta en rappel, suivie de Roland. Et, pour la première fois, celui-ci remarqua qu'elle répandait un délicat parfum de pétales de rose après une pluie de printemps.

Cette odeur lui rappela l'eau de toilette de sa MÈRE et il s'apprêta à lui demander ce qu'elle mettait comme marque. Sauf qu'ils étaient déjà arrivés.

Roland et Shae'Vana se collèrent l'un à l'autre pour espionner par la fenêtre. Et Roland sentit au fond de lui une douce et tendre chaleur.

Shae'Vana, elle, n'avait pas l'air de ressentir grand-chose. Elle restait focalisée sur la pièce.

À l'intérieur, un ado se tenait assis sur un lit. D'abord, Roland crut que c'était juste un garçon aux dents pointues, mais il comprit ensuite que c'était un VAMPIRE.

Il allait dire à Shae'Vana : « TIRONS-NOUS vite », sauf qu'elle grimpa par-dessus le rebord et se glissa dans la chambre. Roland la suivit, tout en se disant que c'était une mauvaise idée.

Le vampire leva à peine les yeux. Quand il remarqua enfin leur présence, il avoua que c'était la première visite qu'il recevait depuis TROIS CENTS ANS.

Il s'appelait Christophe et leur expliqua qu'il avait été mordu par une chauve-souris vampire quand il était ado. Tous ses proches étaient morts depuis longtemps, mais pas lui car la malédiction l'empêcherait à jamais de vieillir.

À la mort de ses parents, Christophe s'était enfermé à double tour dans son château pour ne jamais RISQUER de mordre quelqu'un.

Il avait prévu de rester là POUR TOUJOURS et Roland trouvait que c'était une TRÈS BONNE idée.

Mais, après avoir entendu son histoire, Shae'Vana lui proposa de REJOINDRE leur bande. Et, avant même que Roland ait pu dire un mot, le vampire était en train de rassembler ses affaires.

Roland aurait vraiment PRÉFÉRÉ que Shae'Vana lui demande son avis avant d'inviter ce stupide vampire, parce que le chef de la bande, c'était quand même lui. Mais comme il était gentil, il ne dit rien.

Tous trois redescendirent en rappel et Shae'Vana présenta Christophe aux autres. Puis celui-ci annonça qu'il avait un truc à leur préciser.

Il ne pouvait voyager QUE de nuit parce que les vampires sont réduits en CENDRES quand ils voient la lumière du jour.

Shae'Vana dit que ça ne poserait aucun souci. Ils n'auraient qu'à dormir la journée et se déplacer la nuit.

Et tout le monde acquiesça.*

*Sauf Roland.

Greg m'a félicité pour mon idée de vampire parce que les ADOS adorent les histoires d'amour surnaturelles et qu'il fallait remonter l'âge de lecture de notre bouquin.

D'après lui, les filles seraient amoureuses du vampire et les mecs voudraient ÊTRE lui. Et ça lui donnait déjà des idées, genre lancer une eau de toilette.

J'ai proposé que Roland ait aussi SON eau de toilette. Mais Greg a rétorqué : « Aucun rapport : le vampire est un BAD BOY alors que Roland est juste un mec sympa. »

Il m'a aussi félicité pour l'idée de la « malédiction » alors qu'en réalité, c'est LUI qui me l'avait filée.

Il y a quelques semaines, Greg s'était mis en colère parce que je n'avais pas voulu partager mon chewing-gum, et il avait dit qu'il allait me jeter un sort pour se venger : à partir de maintenant, tout ce qu'il m'arriverait de mauvais serait dû à sa MALÉDICTION.

J'avais filé rapporter à sa mère et elle l'avait forcé à INVERSER son sortilège.

Pourtant, quelques jours plus tard, je m'étais cogné l'orteil contre le trottoir, alors je crois bien que Greg avait fait SEMBLANT d'inverser son sort.

Bref, selon Greg c'était le moment de bousculer notre histoire avec un GROS REBONDISSEMENT. Moi, j'avais cru que le VAMPIRE était le rebondissement. Du coup, j'allais devoir trouver un truc encore MIEUX.

CHAPITRE 11

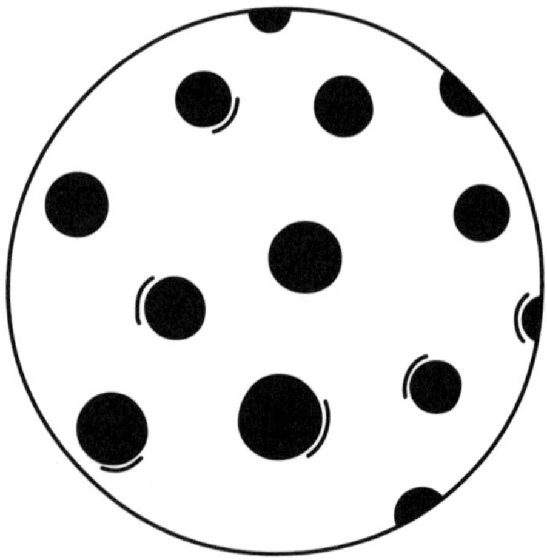

La bande marcha toute la nuit et dormit toute la journée, ce qui détraqua complètement leur rythme de sommeil. TOUT ÇA à cause de ce vampire. Le pire, c'est qu'il n'apportait pas GRAND-CHOSE au groupe, sauf si on en est à féliciter les mecs qui ne MORDENT pas leurs compagnons de route.

Roland conseilla à tout le monde de garder les mains libres pour pouvoir dégainer leurs armes en cas de guet-apens. Mais Shae'Vana et le vampire firent comme s'ils n'avaient rien entendu.

Une nuit, la lune filtra de derrière un nuage et le vampire PÉTA les plombs.

Puis, sous leurs yeux, il se transforma en LOUP-GAROU.

La Gauche dut le RETENIR pour qu'il ne fasse de mal à personne. Et il fallut attendre que la lune disparaisse à nouveau pour que le loup-garou redevienne un vampire.

Christophe raconta alors pourquoi il était devenu LOUP-GAROU.

En gros, ce type ne se traînait pas UN mais DEUX mauvais sorts. Et, allez savoir pourquoi, ça ne fit que le rendre PLUS COOL aux yeux de Shae'Vana.

Il expliqua ensuite qu'en période de pleine lune, il devait rester à l'intérieur ou bien il passait son temps à se transformer. Cela voulait dire qu'on ne pouvait plus voyager NI de jour NI de nuit. Et là, Roland fut franchement ÉNERVÉ parce qu'il en avait ASSEZ de faire attendre sa mère.

Il prit Shae'Vana à part et lui demanda si elle était d'accord pour larguer ce type parce que, entre le truc du vampire et celui du loup-garou, ça commençait à faire beaucoup. Mais elle répliqua que « ce type » avait un nom : CHRISTOPHE.

Là-dessus, Cyclope l'Enchanteur annonça qu'il savait comment BRISER la double malédiction.

En fait, le rubis du sceptre du Sorcier blanc avait le pouvoir d'INVERSER les sorts, il suffisait donc de le lui voler pour transformer Christophe en mec NORMAL.

Roland rappela à ses amis que le but de leur mission, au cas où ils l'auraient oublié, était de secourir sa MÈRE. Et que guérir le vampire serait super, mais dans un second temps. Sauf que personne ne l'écouta parce qu'ils étaient tous obsédés par le RUBIS.

Cyclope l'Enchanteur ajouta que même s'ils trouvaient la Forteresse de glace, il leur faudrait ensuite franchir sa haute MURAILLE.

Shae'Vana demanda à Roland si elle pouvait voir la CARTE. Et lorsqu'elle souffla sur l'endroit où se trouvait la Forteresse de glace, Roland sentit son haleine de menthe trempée dans du miel.

Quelques secondes plus tard, une inscription en langue elfe apparut sur la carte. Shae'Vana expliqua qu'elle désignait l'entrée SECRÈTE de la forteresse.

Tout le monde avait hâte de se remettre en route mais ils décidèrent de se reposer un peu avant la dernière ligne droite.

Roland était TELLEMENT excité qu'il ne ferma pas l'œil de la nuit. À un moment, il voulut prendre la carte pour voir si, par hasard, elle sentait encore la menthe et le miel.

Si vous avez cru que l'entrée en scène du loup-garou était le GROS rebondissement de cette histoire, vous avez tout FAUX. Car quand Roland tendit le bras, il s'aperçut que la carte avait DISPARU.

Il réveilla Sherlock pour lui demander d'ENQUÊTER. Et le détective trouva tout de suite des INDICES.

Primo, des empreintes d'elfe menaient au sac de couchage de Roland. Deuzio, Shae'Vana s'était VOLATILISÉE. Du coup, aucun doute : c'était ELLE qui avait pris la carte pour aller voler le fameux RUBIS.

Tout le monde était BLUFFÉ par les talents de détective de Sherlock Holmes. Il expliqua que, sans vouloir se vanter, cette affaire était un jeu d'enfant.

Greg a adoré ce coup de théâtre et il a dit que tout le MÉRITE lui revenait vu que l'idée de l'elfe voleuse était la sienne. En même temps, il ne tenait pas à ce que ça se sache pour ne pas avoir à gérer les RÉPERCUSSIONS.

D'après lui, les filles seraient tellement DEGOÛTÉES d'apprendre que l'elfe était en fait une méchante qu'à la sortie du livre, il risquait d'y avoir des MANIFS et qu'elles m'empêcheraient de sortir de chez moi POUR TOUJOURS.

Et j'avoue que ça m'a stressé parce que je VIENS de reprendre mes cours de claquettes et que je dois absolument sortir de chez moi tous les mardis et tous les jeudis.

Greg pense que c'était un pari OSÉ de transformer d'un coup un personnage que tout le monde kiffe en MÉCHANT.

Il a pris l'exemple d'une femme enceinte qui aurait lu la moitié du bouquin et choisi d'appeler son bébé Shae'Vana, pour se rendre compte que finalement, c'est un prénom de DÉLINQUANTE.

J'ai proposé qu'à la fin de l'histoire, Shae'Vana apprenne de ses erreurs et dise aux gamins que c'est MAL de voler. Mais Greg m'a répondu que c'était ridicule et que les lecteurs seraient quand même DEGOÛTÉS.

Là, j'ai décidé qu'être écrivain était vraiment trop compliqué et que j'allais plutôt me concentrer sur les claquettes. Mais, selon Greg je ne pouvais pas lâcher MAINTENANT, alors que l'histoire n'était même pas FINIE.

Il a même dit que je m'en sortais BIEN, et qu'il fallait simplement prévoir plus de REBONDISSEMENTS dans l'histoire.

Par exemple, les personnages devaient se disputer et se bagarrer, parce que les gens adorent ça.

Je lui ai fait remarquer que si la bande de Roland fonctionnait, c'était parce que tout le monde était AMI. Mais d'après Greg, si tout le monde s'entend bien, alors aucun lecteur ne s'intéressera à ces personnages.

L'autre truc, d'après lui, c'était que ce livre était censé être un bouquin D'AVENTURES et que personne ne s'était encore BLESSÉ. Je lui ai rappelé que Roland avait eu une ampoule au chapitre trois, mais Greg a dit que ça n'avait rien à voir avec une blessure.

J'ai proposé que l'ampoule S'INFECTE mais Greg a assuré que personne n'avait envie de lire une histoire sur les petits bobos de Roland.

Si vraiment je voulais mettre du PIMENT dans mon histoire, selon lui, il fallait TUER un personnage. Mais cette idée-là ne me plaisait pas trop parce que je n'avais pas envie d'ATTRISTER les lecteurs.

Mais Greg a prétendu qu'une histoire doit faire ressentir plein d'ÉMOTIONS, et que si les lecteurs sont TRISTES, c'est que j'ai fait du bon BOULOT. Le mieux était donc qu'il y ait un MORT et le plus simple était de choisir un personnage dont je me fichais un peu.

Je lui ai expliqué que j'aimais tous mes personnages et que je n'avais pas envie d'en tuer UN SEUL. Greg a répondu que si je voulais devenir écrivain, il fallait que j'apprenne à faire des choix difficiles.

CHAPITRE 12

La bande découvrit que l'elfe n'avait pas SEULEMENT volé la carte. Elle avait aussi dérobé l'œil de Cyclope l'Enchanteur, qu'il avait enlevé pour dormir, car le lendemain matin, l'œil avait DISPARU.

Cyclope leur révéla que cet œil était MAGIQUE et qu'il voyait encore avec, même quand ils étaient séparés. Mais là, l'elfe avait dû le ranger dans sa poche, car le cyclope ne voyait RIEN.

Roland lui demanda comment il allait faire sans son œil. Le sorcier lui répondit qu'il pouvait encore compter sur son odorat très développé.

Mais l'elfe avait volé encore AUTRE CHOSE : le sac de Roland.

Ce qui était une sacrément mauvaise nouvelle car ce sac contenait TOUTES les provisions. Alors ils fouillèrent le sac de Garg pour voir s'il n'avait pas un peu de nourriture, mais non : Garg n'avait emporté que ses haltères pour garder la forme.

Tout le monde se mit à paniquer parce qu'ils étaient coincés au milieu de nulle part sans RIEN à manger. Et ils commencèrent à se faire des reproches à propos du vol des affaires.

Le vampire accusa ROLAND d'avoir laissé traîner la carte dehors et Cyclope reprocha à Sherlock de ne pas avoir DEVINÉ que l'elfe était une voleuse. Sherlock lui répondit qu'en tant que détective, il ne pouvait quand même pas résoudre un mystère AVANT qu'il advienne.

Là-dessus, le vampire se mit à chouiner parce que sa COPINE l'elfe lui manquait. Et Roland COMPATIT*.

*Mais pas tant que ça.

Tout à coup, Stephen et Garg se sautèrent à la gorge et Roland dut les mettre au COIN.

Roland était triste. D'une part, parce que ses amis se disputaient, mais AUSSI parce qu'il ne s'en sortait pas super bien comme CHEF. Alors il fabriqua une boîte à idées pour que les autres puissent faire part de leurs remarques.

Et même s'il leur avait demandé d'être sincère, il trouva certains commentaires quand même un peu VEXANTS.

Roland savait qu'ils ne pouvaient pas rester immobiles, surtout qu'il fallait encore qu'il sauve sa MÈRE. Alors, il ordonna aux autres de ranger leurs affaires et de se remettre en route.

Évidemment, ils n'étaient pas très motivés parce que sans CARTE, ils ne savaient pas où ils allaient.

C'est alors que Sherlock découvrit les EMPREINTES de l'elfe. Ils n'avaient qu'à suivre ces traces car, à coup sûr, elles les mèneraient tout droit à la Forteresse de glace – et de toute façon, personne n'avait de meilleur PLAN.

Les traces de pas traversaient une plaine puis un champ de maïs sillonné par un sentier. Mais celui-ci était très sinueux, et truffé de bifurcations.

Sherlock Holmes suivait les traces tant bien que mal, mais ce n'était pas toujours ÉVIDENT parce que parfois, elles faisaient demi-tour et se croisaient.

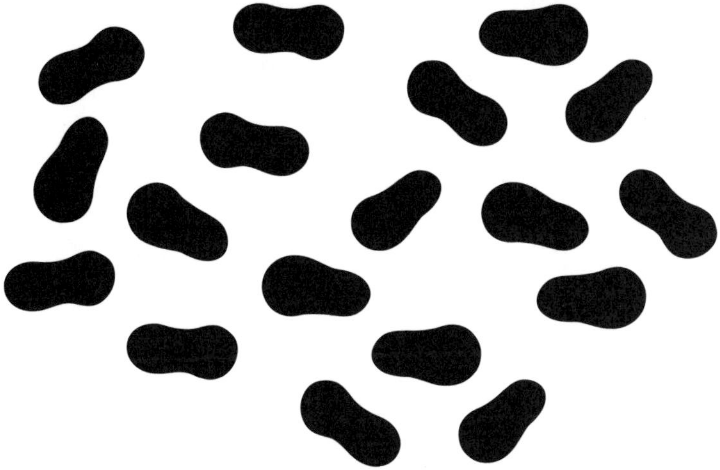

Il finit par comprendre qu'ils s'étaient fait BERNER. Ces empreintes n'étaient qu'une RUSE et l'elfe les avait conduits dans ce champ parce qu'elle se savait SUIVIE.

Résultat, ils étaient PERDUS. Roland ferma les yeux et appela à l'aide Bampy le Vaillant. Et voilà que, trois secondes plus tard, il entendit un bruissement parmi les épis de maïs.

C'était le fantôme de BAMPY !

Celui-ci avança le long d'un chemin et ils le suivirent jusqu'à la sortie du champ. Là, ils le remercièrent chaleureusement et Bampy disparut parmi les épis.

Alors Sherlock RETROUVA la piste de l'elfe et cette fois, les empreintes menaient à une gorge où coulait une rivière de LAVE.

La rivière était bien trop large pour sauter par-dessus, mais Roland savait que ça ferait trop d'invoquer Bampy deux fois dans la même journée.

Ce fut donc à La Gauche de jouer : elle les souleva un par un et les déposa sur la rive opposée.

Sauf qu'au MOMENT où elle avait enfin accompli sa mission, un GEYSER de lave jaillit de la rivière et l'engloutit.

Ainsi, les autres durent assister à la disparition de leur amie qui sombra dans le lquide en fusion en leur faisant « au revoir ».

Greg était FIER de ma dernière scène parce que les gens allaient être DANS TOUS LEURS ÉTATS en voyant le film.

Par contre, il a trouvé que la partie sur Bampy le Vaillant était un peu bizarre parce que personne ne demande de l'aide à son grand-père mort. Mais je lui ai dit que moi, quand je perds mes affaires, je demande TOUJOURS de l'aide au mien et ça marche.

Ensuite, Greg a dit qu'on devait réfléchir au prochain MORT, et il a conseillé Stephen vu qu'il n'apportait pas grand-chose à l'histoire.

Je l'ai prévenu que PERSONNE d'autre n'allait mourir, parce que ce livre est déjà bien trop TRISTE. Mais là, Greg m'a dit que je ne pouvais pas faire machine arrière parce qu'on n'était plus très loin de la FIN et qu'il était temps de passer aux choses SÉRIEUSES.

Seulement, j'en ai RAS LE BOL, moi, des choses sérieuses, alors à partir de maintenant, je vais raconter cette histoire comme ça ME chante.

CHAPITRE 13

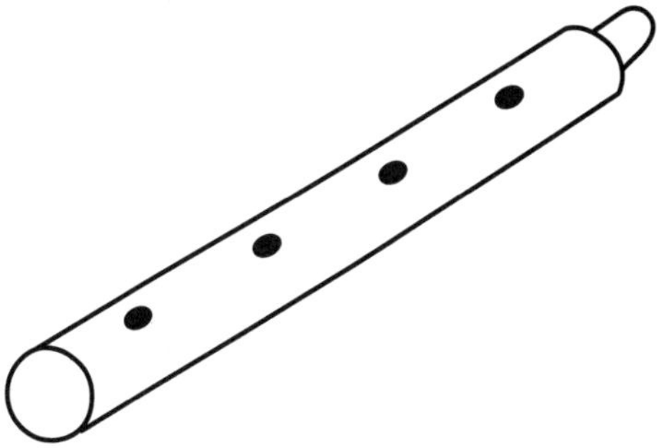

Toute la bande était super triste pour La Gauche, et ils passèrent un bon moment à pleurer sur la berge de la rivière. Roland était le plus touché car La Gauche était sans doute sa meilleure amie, juste après Garg.

Cyclope l'Enchanteur fit alors apparaître une NOUVELLE main magique. Mais, de l'avis de tous, aucune main ne pouvait remplacer La Gauche, surtout celle-ci qui était DROITIÈRE.

Sherlock retrouva la piste de l'elfe et Roland et ses amis sortirent de la gorge. Le souci, c'est que les empreintes s'arrêtaient devant des dunes de sable.

Ils étaient VRAIMENT perdus. Et, cette fois, quand le vampire se transforma en loup-garou à la tombée de la nuit, tout le monde trouva ça ÉNERVANT.

Heureusement, au troisième soir, ce n'était plus la pleine lune et ils n'eurent plus à gérer cette galère de loup-garou en plus du reste.

Ils cheminèrent parmi les dunes deux nuits durant dans l'espoir de retrouver l'elfe, mais RIEN. Ils se nourrissaient de figues de cactus et d'insectes immondes que La Droite trouvait sous des rochers.

Roland se dit qu'à ce rythme, ils ne tiendraient pas longtemps. Un soir, ils campèrent au bord d'une rivière et Roland s'installa près du feu. Cyclope l'Enchanteur vint le rejoindre.

Il lui rappela qu'on était à la veille du premier croissant de lune, le soir où le Sorcier blanc allait faire de la mère de Roland sa REINE des glaces.

Roland se sentit très triste car même s'il avait fait de son mieux, il avait ÉCHOUÉ. Ce serait l'hiver pour toujours et son père serait super DÉÇU.

Alors, il s'assit sur la berge et sortit sa flûte pour jouer un air mélancolique.

Soudain, il entendit un « plouf » et vit qu'une SIRÈNE l'observait depuis un rocher au clair de lune.

La sirène lui dit qu'elle aimait beaucoup sa mélodie et qu'il devait continuer à bien s'entraîner. Il lui demanda si elle était la Petite Sirène ; elle lui répondit que oui, mais pas celle de Disney.

La Petite Sirène s'approcha de Roland et ils se mirent à papoter.

Roland raconta des blagues de monsieur-madame qui firent bien RIRE la Petite Sirène. Et il vit qu'elle ne faisait pas semblant.

Puis ils discutèrent des grandes femmes de l'Histoire, comme Amelia Earhat, Jane Goodall et celle qui avait découvert la radioactivité.

Roland avoua que la femme qu'il admirait le PLUS au monde était sa mère.

Et cette pensée l'attrista parce qu'il se dit qu'il ne la reverrait peut-être jamais.

La Petite Sirène lui demanda ce qui s'était passé et Roland lui raconta toute l'histoire. Mais ce n'était pas embêtant car la sirène était très attentive.

Quand Roland eut fini son récit, elle lui apprit que la rivière menait tout droit à la Forteresse de glace et qu'en la longeant, on pouvait y être en quelques JOURS.

Roland expliqua que ce serait trop long car le premier croissant de lune était prévu pour le lendemain soir.

Alors, la Petite Sirène sortit sa PROPRE flûte et joua un air joyeux. Roland trouva cette réaction un peu BIZZARE mais comme il aimait bien la mélodie, il ne dit rien.

Soudain, un NARVAL surgit des flots.

La Petite Sirène expliqua que ce narval était un AMI et qu'il pouvait conduire Roland à la forteresse en une journée.

Roland lui expliqua qu'il y avait ses amis et qu'il ne pouvait pas partir sans eux. Alors la sirène joua une nouvelle mélodie et D'AUTRES narvals apparurent. Et quelques minutes plus tard, Roland et ses compagnons étaient en route pour la forteresse.

J'étais très fier de ce chapitre parce qu'il apprenait aux enfants que si on écoute ses parents et qu'on joue d'un instrument, il peut arriver des choses très chouettes.

Comme j'aimais beaucoup le passage avec les narvals, j'ai suggéré qu'on en mette UN sur la couverture du livre.

Mais Greg, lui, a trouvé ce chapitre TOUT NAZE. Il a dit qu'il faudrait y apporter DES TONNES de corrections.

Pour lui, le coup du narval faisait déjà beaucoup trop BÉBÉ ; si en plus on en mettait un en couverture, notre livre n'attirerait que des PETITS. Du coup, on serait obligés de jouer les nounous pendant nos séances de dédicaces.

Quand j'ai précisé que moi, J'ADORAIS les narvals, Greg a proposé qu'on fasse une version « lecteurs juniors » de notre livre avec un narval en couverture.

Puis il a réfléchi et dit qu'en fait, il valait mieux mettre un animal COOL genre un hippocampe, parce que ça plairait aussi aux PLUS GRANDS.

J'ai rétorqué qu'il n'y avait pas d'hippocampe dans cette histoire, mais Greg s'en FICHAIT parce qu'une fois le livre acheté, on a le fric, donc on s'en fiche.

Puis il a ajouté que, de toute façon, ce qui se passait VRAIMENT dans le roman n'était pas SI important vu que les scénaristes du film changeraient tout.

En fait, ils rendraient l'histoire beaucoup plus TRASH pour attirer les ados. Et, à coup sûr, ils remplaceraient Roland par un type deux fois plus vieux qui dirait plein de gros mots.

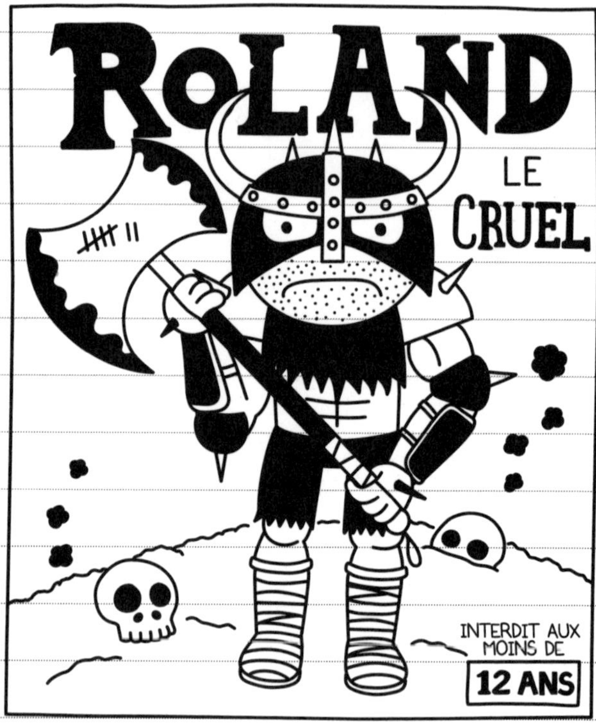

J'ai dit que si c'était pour TOUT CHANGER, je ne voyais vraiment pas l'intérêt de faire un film.

Et il m'a expliqué que sans film, pas de jeux vidéos, pas d'eau de toilette, pas de costumes d'Halloween et pas d'Happy Meals, alors il faut savoir ce qu'on veut.

J'ai répondu que, moi, ça ne me posait aucun problème puisque que mon but, à la base, c'était de m'amuser. Alors que maintenant, tout devenait vraiment COMPLIQUÉ.

Là, il m'a balancé que si on n'écrivait pas ce bouquin pour se faire du blé, je pouvais le finir TOUT SEUL. Et, honnêtement, ça m'allait très bien.

CHAPITRE 14

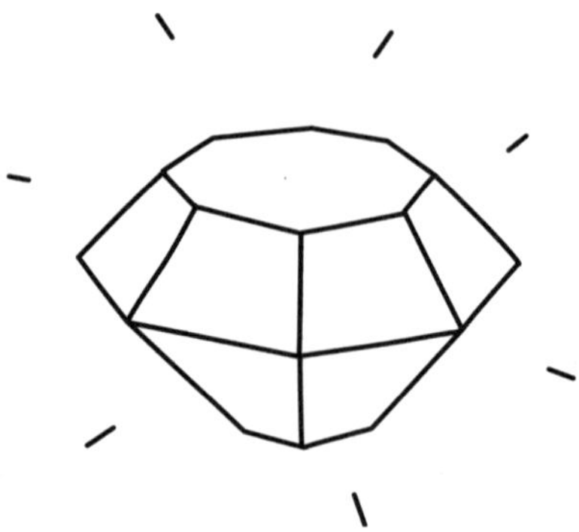

Les narvals transportèrent Roland et ses amis jusqu'aux rives gelées de la Forteresse de glace.

Toute la bande les remercia de leur aide. Et, quand Roland dit au revoir à la sirène, il lui serra les mains un peu plus FORT que prévu, pour lui faire comprendre qu'elle avait une place à part dans son cœur.

La Forteresse de glace était entourée d'une épaisse muraille, comme l'avait dit Cyclope l'Enchanteur. Roland et ses amis cherchèrent la porte secrète ; seulement, sans carte, c'était un peu COMPLIQUÉ.

Soudain, Cyclope se figea. Il expliqua que son œil magique avait dû tomber de la poche de Shae'Vana parce que, tout à coup, il voyait EXACTEMENT où elle se trouvait.

Elle était un peu plus loin et cherchait elle aussi la porte secrète.

D'après Cyclope l'Enchanteur, il fallait agir VITE et trouver l'accès avant elle. Roland et lui s'élancèrent en laissant le groupe derrière eux.

Ils longèrent le mur de glace et trouvèrent l'œil magique sur le sol gelé. En revanche, aucun signe de l'elfe.

Elle avait dû découvrir la porte et ils arrivaient TROP TARD. Roland se sentit triste et, comme il était épuisé par sa course, il s'appuya contre le mur de glace pour reprendre son souffle.

C'est alors que l'endroit où Roland avait posé la main se mit à BRILLER et qu'un grondement sourd retentit.

C’était la porte secrète ! Cyclope et Roland pénétrèrent alors dans un tunnel.

Ils avancèrent à tâtons dans le passage jusqu’à apercevoir une lueur. Et quand ils atteignirent le bout du tunnel, Roland comprit qu’ils avaient atterri dans la SALLE DU TRÔNE du Sorcier blanc.

Le Sorcier était effectivement assis sur son trône, mais Roland ne vit pas sa mère.

Roland avait beau avoir attendu ce moment avec impatience, il était désormais si effrayé qu'il n'arrivait plus à BOUGER.

Cyclope, lui, n'avait absolument PAS peur. Il bondit et se planta devant le Sorcier blanc en brandissant sa baguette magique. Mais, contre toute attente, le Sorcier blanc éclata de rire.

Ce rire paraissait bien familier à Roland. C'est alors qu'il comprit que le Sorcier blanc n'était autre que LE PÈRE NOËL.

Roland était complètement PERDU. Il demanda des explications à Cyclope, et celui-ci lui raconta TOUT, ce qui prit pas mal de temps.

En fait, Cyclope l'Enchanteur et le Sorcier blanc étaient FRÈRES. Quand ils étaient petits, leurs parents leur avaient fait piocher chacun une FÊTE dont ils seraient le représentant.

Comme le père Noël était le chouchou, il avait tiré en premier et, bien entendu, il était tombé sur LA fête super sympa.

Cyclope, lui, avait récolté LA fête dont tout le monde se moque.

Et voilà comment le père Noël était devenu mondialement célèbre, alors que Cyclope l'Enchanteur n'avait jamais réussi à intéresser qui que ce soit malgré ses efforts.

Jusqu'au jour où il se blessa en agitant ses drapeaux. Et DEPUIS, il préparait une vengeance contre son frère.

Cyclope l'Enchanteur savait qu'affronter le père Noël au pôle Nord serait impossible parce que ses elfes le PROTÉGERAIENT. Mais il savait AUSSI que, pendant l'été, son frère partait se reposer dans sa Forteresse de glace. C'est ainsi qu'il avait échafaudé un plan d'attaque.

Cyclope précisa à Roland que l'ennui, avec cette forteresse, c'était qu'elle était entourée d'une haute MURAILLE dont le seul accès était une porte secrète.

Roland répondit qu'il était AU COURANT, merci. Mais il fut abasourdi par la suite du récit.

Cyclope l'Enchanteur révéla que seul un cœur pur pouvait OUVRIR cette porte secrète et qu'il cherchait la bonne personne depuis de années.

Un jour, dans sa boule de cristal, il avait vu un garçon doux et gentil qui aimait tendrement ses parents. Et ce garçon, c'était ROLAND.

Cyclope l'Enchanteur savait que s'il faisait croire à Roland que sa mère avait été enlevée, il partirait alors la SAUVER et mènerait Cyclope tout droit à la Forteresse de glace et à sa porte secrète.

Voilà pourquoi il avait déclenché cette tempête de neige en plein été. Et quand la mère de Roland était partie acheter une pelle, il avait hypnotisé la voisine, Mme L'Ortie, pour qu'elle raconte à Roland l'histoire de l'enlèvement. C'est ainsi que tout avait commencé.

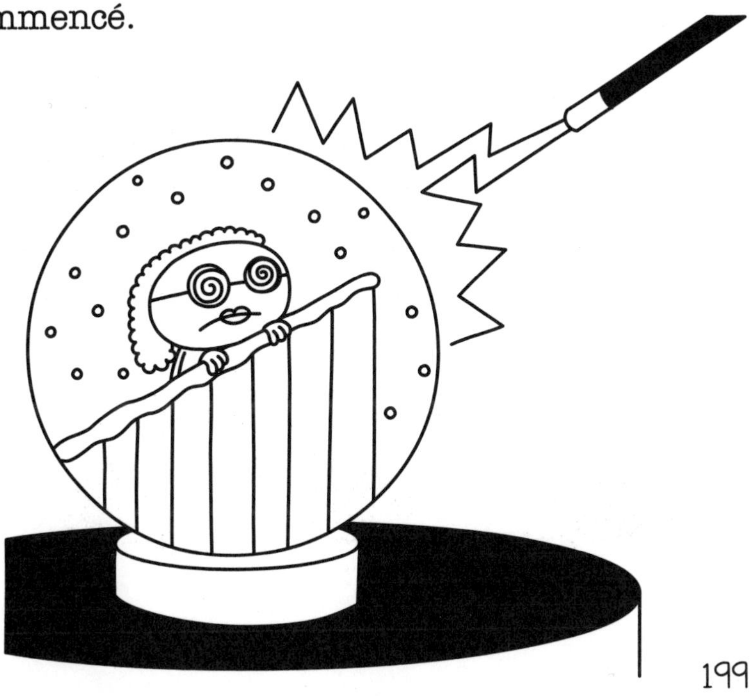

Cyclope avoua que le mariage était un MENSONGE, tout comme l'histoire de l'hiver éternel.

D'abord, Roland fut RASSURÉ car cela signifiait que sa mère était hors de danger. Mais ensuite, il fut TRISTE parce qu'il songea que ses parents devaient être super INQUIETS.

Alors Roland devint FURIEUX. Il dégaina son épée et s'avança vers Cyclope l'Enchanteur. Mais ce dernier éclata de rire (et même son rire était plus nul que celui de son frère).

Cyclope avoua que, s'il avait choisi Roland, c'était parce qu'il le savait trop GENTIL pour se battre. Et sur ce point, il avait raison.

Mais le père Noël aussi était en colère, et lui n'avait PAS peur de son frère.

Il se leva de son trône et, brandissant son sceptre, il mitrailla Cyclope de boules de neige. Seulement, l'autre s'était PRÉPARÉ à ce genre d'attaque et se protégea à l'aide d'une barrière magique.

Puis il riposta en balançant des BOULES DE FEU avec sa baguette, que le père Noël intercepta grâce à des stalactites dégringolant du plafond.

Cyclope l'Enchanteur et le père Noël se retrouvèrent face à face et ils se sautèrent à la gorge. Et Roland ne tarda pas à s'inquiéter parce que le Père Noël avait bien l'air de PERDRE.

Alors que Cyclope allait gagner le combat, une flèche sortie de NULLE PART fendit l'air et frappa sa baguette magique.

Et Roland HALLUCINA quand il découvrit QUI avait tiré.

Shae'Vana tira ENCORE trois flèches et cloua la robe de Cyclope au mur de glace.

Roland dit au père Noël de rester prudent, parce qu'il était probablement le SUIVANT sur la liste de Shae'Vana. Mais le père Noël resta très détendu. Il paraissait même CONTENT de voir l'elfe.

Roland, lui, était plus perdu que JAMAIS. Alors, le père Noël et Shae'Vana lui expliquèrent tout, et cela prit encore un certain TEMPS.

En fait, Shae'Vana était une employée de la fabrique de jouets du père Noël et, alors qu'elle était partie en vacances, elle avait été statufiée par Méduse. D'ailleurs, au passage, le père Noël remercia Roland de l'avoir SAUVÉE.

Shae'Vana avait compris que Cyclope était le frère ennemi de son patron. Elle était allée prévenir ce dernier qu'il était en DANGER et avait volé la CARTE pour empêcher Cyclope de trouver l'entrée secrète.

Elle précisa que, oui, c'était très MAL de voler, et elle en profita pour s'excuser auprès de tous les enfants à qui elle avait donné le mauvais exemple.

Mais tout le monde était tellement occupé à DISCUTER, que personne ne vit Cyclope ôter sa robe et se glisser derrière eux pour mettre la main sur le SCEPTRE du père Noël !

Grâce au rubis magique, Cyclope tenta de dégommer le Père Noël. Sauf qu'il le LOUPA et que les rayons firent des trous dans les murs de la salle du trône.

C'est ainsi que les AMIS de Roland entrèrent.

Ils se jetèrent sur Cyclope l'Enchanteur et, l'espace d'un instant, ils semblèrent sur le point de GAGNER.

Mais au même moment, La Droite mit une grande DROITE dans le toit, et le plafond s'effondra.

Puis la main maléfique empoigna tout le monde dans sa paume moite. Roland sentit qu'ils étaient CUITS. La main serra plus fort et tous sentirent que la fin approchait.

Mais alors que Roland avait le souffle presque coupé, un MIRACLE se produisit.

C'était la MÈRE de Roland !

L'effet de surprise DÉCONCENTRA Cyclope l'Enchanteur et la main magique libéra Roland et ses amis.

Cyclope entra dans une rage FOLLE et il reporta son attention sur la mère de Roland. Brandissant sa baguette, il s'avança vers elle.

Mais Roland, qui aimait très fort sa maman, n'avait aucune intention de rester les bras croisés.

Tout le monde était CHOQUÉ, surtout sa mère. Mais Roland savait que Jérémy, son épée magique, avait le pouvoir de changer les méchants en GENTILS. Et c'est exactement ce qui se passa.

Cyclope l'Enchanteur s'excusa d'avoir été si méchant et tout le monde lui PARDONNA.

Puis Roland demanda à sa mère COMMENT elle l'avait retrouvé, et elle expliqua que c'était grâce au petit MOT qu'il avait laissé à son père à la maison. Et le remercia d'être un fils aussi attentionné.

Parti sauver
maman enlevée
par un sorcier.

Rol-rol

Là-dessus, le père Noël annonça qu'il avait des petits CADEAUX pour tout le monde, bien que ce ne soit pas Noël.

La mère de Roland reçut un bracelet fantaisie et Garg un bon pour une séance de bronzage en institut. Sherlock Holmes, lui, reçut une super loupe flambant neuve, et Cyclope l'Enchanteur un nouveau drapeau avec une protection en caoutchouc au bout du manche par sécurité. Stephen eut un pull en laine avec une poche à rabat pour ses pis.

Pour Roland, le père Noël avait un cadeau TRÈS spécial. Il lui tendit la plus GROSSE boîte.

Mais celle-ci était VIDE, à part un bout de papier enroulé au fond. Roland le déroula et lut le message.

Roland trouva ce message très GENTIL, mais en vrai, il aurait préféré un JEU. Seulement, comme c'était un garçon poli et qu'il ne voulait pas blesser le père Noël, il ne dit rien.

Et réalité, ce message était une BLAGUE et tout le monde était DE MÈCHE.

Roland fut tout de même assez mal à l'aise, parce qu'il se sentait quand même un peu PIGEON.

C'est alors que le père Noël ramassa Jérémy l'épée magique et demanda à Roland de s'agenouiller. Puis il lui dit qu'il avait fait ses preuves et qu'il méritait un nouveau NOM.

Il lui tapota les épaules avec l'épée et Roland devint Roland le Gentil.

Roland aurait QUAND MÊME préféré un jeu, mais sa mère et ses amis étaient si fiers que cela le consola un peu de leur canular.

Le père Noël demanda au vampire s'il voulait être libéré de sa malédiction, mais Christophe lui répondit que, en fait, il aimait bien être un vampire-loup-garou parce que ça plaisait aux filles.

Puis Shae'Vana annonça au père Noël qu'elle allait poser quelques congés pour voyager avec Christophe, car ses dernières vacances avaient été abrégées par l'attaque de Méduse.

Tout le monde dit au revoir à Christophe et Shae'Vana, et leur souhaita le meilleur pour la suite. Et Roland était heureux pour eux*.

Sherlock Holmes et Stephen annoncèrent qu'ils allaient s'associer pour résoudre ensemble des mystères. Et la bande leur souhaita à eux aussi tout le meilleur pour la suite.

*Pour de vrai, cette fois.

Enfin, le père Noël proposa à ceux qui restaient de les raccompagner en traîneau.

En arrivant chez Roland, Cyclope lui dit au revoir et qu'il était désolé pour le dérangement.

Mais Roland voyait bien que le magicien était triste de partir, alors il l'invita à venir vivre avec lui et ses parents. Sa mère était d'accord, Cyclope n'aurait qu'à prendre l'ancienne chambre de Bampy.

Tout finit bien pour tout le monde et cette année-là, ce fut le plus merveilleux des Noël.

FIN

Je n'avais pas très envie de montrer le dernier chapitre à Greg. Je me disais qu'il ne ferait QUE des remarques négatives sur le rebondissement du père Noël. Pourtant, il a ADORÉ.

D'après lui, ce chapitre était du PUR GÉNIE car il nous permettrait de vendre le livre en mode CONTE DE NOËL. Il a ajouté que c'est le genre d'histoire qui CARTONNE à la période des fêtes.

Ce qui m'embêtait, c'est que tout le monde ne fête pas Noël et je ne voulais pas que certains se sentent EXCLUS. Mais Greg a suggéré qu'on fasse plein de versions différentes pour que CHACUN s'y retrouve.

En plus, il a suggéré qu'on dépose la marque « Gentil ». Comme ça, tous les écrivains qui utiliseraient le mot « gentil » nous devraient DES SOUS.

Je vais le laisser gérer ces détails-là. Moi, en vérité, je me FICHE que ce bouquin soit publié parce que, comme je l'ai déjà dit, je l'ai écrit pour m'amuser.

Enfin, pas JUSTE pour m'amuser. J'espère aussi qu'il plaira à mes parents. D'ailleurs, je vais demander à mon père de me le lire ce soir quand j'irai me coucher. Parce que quand il lit des histoires, il fait plein de voix différentes et j'adore ça.

Et si je m'endors dans le lit de mes parents au milieu de l'histoire, ça m'ira très bien.

AHHH!